Gaius Valerius Catullus

Gedichte

Gaius Valerius Catullus

Gedichte

ISBN/EAN: 9783743375826

Hergestellt in Europa, USA, Kanada, Australien, Japan

Cover: Foto ©Andreas Hilbeck / pixelio.de

Manufactured and distributed by brebook publishing software
(www.brebook.com)

Gaius Valerius Catullus

Gedichte

Katull's Gedichte.

Im Versmaße der Urschrift übersetzt

von

Karl Uschner.

Berlin.

Verlag von E. H. Schroeder,

Hermann Kaiser.

Unter den Linden Nr. 41.

1866.

Vorwort.

———

Quintus Valerius Katullus wurde in Verona im Jahre Roms 668 (86 v. Chr.) unter dem Konsulat des L. Korn. Cinna und des K. Marius geboren. Seine Eltern waren reich oder doch wohlhabend und dies verschaffte dem mit einem hohen Dichtergeist ausgestatteten Jüngling eine unabhängige Stellung in der bürgerlichen Gesellschaft. Er konnte sich ganz seinem innern Berufe, dem Dichten, hingeben und er hat auch nie ein öffentliches Amt bekleidet. Katull ist Dichter mit Leib und Seele. „Er sucht," wie sein begeisterter Verehrer Niebuhr sagt, „nicht die Worte, nicht die Formen; die Poesie strömt aus ihm heraus, sie ist ihm dieselbe Sprache, derselbe Ausdruck, den das Bedürfniß hervorbringt, jedes Wort bei ihm ist Ausdruck des natürlichen Gefühls."

Katull ist lyrischer Dichter und zwar ein
subjektiver Dichter, wie es wenige gibt. „Für
ihn," sagt Dr. Friedrich Pressel treffend in der geist=
reichen Einleitung zu seiner Katullübersetzung, „für
ihn ist nichts Gegenstand der Poesie, als was er
empfindet, wo er haßt oder wo er liebt, worüber
er sich freut oder betrübt; nur persönliche Erleb=
nisse, persönliche Stimmungen, und wären sie noch
so flüchtiger Natur. Daher jener morgenfrische
Duft, der seine Gedichte umspielt, als Erzeugnisse
des Augenblicks, als Eingebungen, ohne Absicht
und Zweck, daher aber auch die Verstimmung der
Leidenschaftlichen, die da, wo das ursprüngliche
Walten einer rein gestimmten, in sich seligen Dichter=
natur sich offenbart, Gleichgiltigkeit gegen die höch=
sten Fragen der Menschheit erblicken."

Katull hielt sich die meiste Zeit seines Lebens
in Rom auf und lebte dort zwanglos und harmlos
den Musen und daneben der Liebe und Freund=
schaft, für welche beide Katull's warmes und inniges
Gemüth sehr empfänglich war. Er selbst nennt
in einem Gedicht an seinen Freund Manlius Rom
seinen Wohnort und heimischen Sitz. In seiner
Vaterstadt Verona hat er sich nur zeitweise auf=
gehalten.

Zwei traurige Erlebniſſe wirkten erſchütternd
und niederſchlagend auf Katull's Gemüth und brach=
ten eine Umwälzung in ſeinem Dichten und in
ſeinem ganzen Geiſtes = und Seelenleben zuwege:
die Treuloſigkeit ſeiner „Leöbia“ — die eigentlich
Klodia hieß und die Schweſter des berüchtigten
Klodius Pulcher und nachherige Gemalin des Konſul
Q. Metellus Celer war — und der Tod ſeines ge=
liebten Bruders Lucius Valerius Katullus, der in
Troas ſtarb. Katullus hat ſich von dieſen beiden
Schickſalsſchlägen, die in nicht langem Zwiſchen=
raum auf einander folgten, nie wieder ganz erholen
können. Seine Geiſteskraft war gebrochen, ſein
Gemüth war und blieb verſtimmt, verdüſtert, an
die Stelle ſeiner heitern, ſeelenvollen Lyrik trat
die troſtloſe Elegie und ſeine innere Zerriſſenheit
ſuchte ſich nun in beißenden Epigrammen Luft zu
machen. Katullus ſtarb — man kann dies mit
Recht ſagen — am gebrochenen Herzen. Er ſtarb
in Rom im Jahre 707 (47 v. Chr.) unter dem Kon=
ſulat des K. Julius Cäſar und des M. Aemilius
Lepidus. Er iſt alſo nur 39 Jahre alt geworden.

Katull offenbart als Dichter ein tiefes, inniges
Gefühl, er iſt aber zugleich trefflicher Humoriſt und
Satiriker und ergötzt durch ſeinen Sarkasmus und

prächtigen Witz. Wenn er in seinen Gedichten
manchmal die Grenzen des Anstandes überschreitet,
so kommt dies lediglich auf Rechnung des Ge-
schmacks und des Geistes jener Zeit, in welcher er
lebte. Er selbst hat sich an dem wüsten, sitten-
losen Treiben seiner Zeit nie betheiligt, sondern
einen „reinen Lebenswandel" geführt. Man kann
dieser seiner eignen Versicherung unbedingt glauben,
da strenge Wahrheitsliebe ein Hauptcharakterzug
dieses liebenswürdigen Dichters ist. Die obszönen
Drohungen also, die Katull in manchen seiner Gedichte losläßt, sind nur als Ausbrüche einer heitern,
übermüthigen Laune im Geiste jenes verdorbenen
Zeitalters, als bloße Witze und Scherze zu be-
trachten, die keinen ernstlichen Hintergrund haben.

Die im phaläzischen, im glykonischen, im gly-
konisch-pherekratischen Metrum und in andern lyri-
schen Versmaßen verfaßten katullischen Gedichte
zeichnen sich durch Wohlklang, Tongehalt und For-
menreinheit aus. In Katull's hexametrischen und
elegischen Dichtungen finden sich mitunter Härten
und andre Verstöße gegen die Versbaukunst, da
diese Versmaße bei den Römern zur Zeit des Katull
noch nicht die Ausbildung erlangt hatten, die ihnen
die spätern Dichter Virgil und Ovid gegeben haben.

Doch lesen sich auch diese Gedichte im allgemeinen leicht und fließend.

Bei der Ueberſetzung, die ich hier dem Publikum übergebe, haben mir die Textausgaben von Haupt, Lachmann, Roßbach und Weiſe, die Ueberſetzungen von Preſſel, Schwenck und Stromberg und die verbundene Textausgabe und Ueberſetzung von Heyſe vorgelegen. Ich habe jene Textausgaben als Eklektiker benutzt, ohne meiner Arbeit einen beſtimmten Text zum Grunde zu legen, und habe als Ueberſetzer, meinen genannten Vorgängern gegenüber, mir völlige Selbſtändigkeit bewahrt.

Meine Ueberſetzung iſt in den Versmaßen der Urſchrift verfaßt. Nur Katull's choliambiſche Verſe habe ich aus formell = äſthetiſchen Rückſichten in reine ſechsfüßige jambiſche Verſe umzuwandeln mir erlaubt, weil der Choliambus (Hinkjambus, Skazon):

$$\smile\ -,\ \smile\ -,\ \smile\ -,\ \smile\ -,\ \smile\ -,\ -\ \asymp$$

„Der Choliambe ſcheint ein Vers für Kunſtrichter" —

zu bizarr, unſchön und geſchmackwidrig, zumal in deutſchen Gedichten und für deutſche Ohren iſt. Die wegen ihres anſtößigen Inhalts ſchlechterdings nicht überſetzbaren Gedichte habe ich von meiner Ueberſetzung ausgeſchloſſen.

Ich habe auf diese Arbeit in metrischer und rhythmischer, überhaupt in sprachlicher Hinsicht die größte Sorgfalt verwendet und mich zugleich bestrebt, den Urtext möglichst treu wiederzugeben, soweit dies mit dem Geist unsrer Sprache, mit der Leichtigkeit und Gefälligkeit des poetischen Stils und mit dem rhythmischen Wohlklange sich vereinigen ließ. Möchte meine Arbeit einer wohlwollenden Aufname von Seiten der Herren Philologen wie des größeren gebildeten Publikums sich erfreuen!

Ratibor, im Oktober 1866.

Der Herausgeber.

Inhalt.

(Die eingeschloffene Zahl bezeichnet die von der Zahlenreihe dieser Ueber-
setzung abweichende Nummer des entsprechenden urtextlichen Gedichts.)

———

                                                                   Seite

  1. An Kornelius Nepos. 3
  2. Lesbia's Sperling 4
  3. Klage um den Tod des Sperlings 4
  4. Die Weihe der Barke 5
  5. An Lesbia 6
  6. An Flavius 7
  7. An Lesbia 8
  8. Ermannung 9
  9. An Verannius 10
10. Des Varus Geliebte 10
11. An Furius und Aurelius 12
12. An Asinius 13
13. An Fabullus 13
14. An Licinius Kalvus 14
15. Fragment 15
16. (18.) An eine Pflanzstatt 15
17. (19.) An den Gartengott 17
18. (20.) Der Gartengott 18

— x —

Seite

19. (21.) Priapus 19
20. (22.) An Varus 20
21. (24.) An den Knaben Juventius 21
22. (25.) An Thallus 22
23. (26.) An Furius 23
24. (27.) An den Mundschenk 23
25. (30.) An Alphenus 24
26. (31.) An die Halbinsel Sirmio 25
27. (34.) An Diana 26
28. (35.) Einladung 27
29. (36.) Die Annalen des Volusius 28
30. (38.) An Kornificius 29
31. (40.) An Ravidus 29
32. (41.) Mamurra's Geliebte 30
33. (42.) Höfliche Bitte 30
34. (43.) Mamurra's Freundin 31
35. (44.) An das Landgut 32
36. (45.) Akme und Septimius 33
37. (46.) Frühlingsankunft 34
38. (47.) An Porcius und Sokration 34
39. (48.) An Juventius 35
40. (49.) An M. Tullius Cicero 35
41. (50.) An Licinius 35
42. (51.) An Lesbia 36
43. (52.) Das Unerhörteste 38
44. (53.) Kalvus und sein Bewunderer 38
45. (55.) An Kamerius 38
46. (58.) Lesbia's Entartung 40
47. (60.) Herzlos 40
48. (61.) Hochzeitlied für Junia und Manlius. . . 40

Seite

49. (62.) Hochzeitgesang 51
50. (64.) Peleus' und Thetis' Hochzeit 56
51. (65.) An Ortalus 86
52. (66.) Berenize's Gelock 89
53. (68.) An Manlius 97
54. (69.) An Allius 100
55. (71.) Frauenwort 102
56. (73.) An Lesbia 109
57. (74.) Undank 110
58. (76.) An Lesbia 111
59. (77.) Selbstermunterung 111
60. (78.) An Rufus 113
61. (79.) An Gallus 114
62. (80.) Lesbius 115
63. (82.) An Juventius 115
64. (83.) An Quintius 116
65. (84.) Lesbia's Gatte 116
66. (85.) Arrius 117
67. (86.) Liebe und Haß 118
68. (87.) Quintia und Lesbia 118
69. (91.) An Gellius 119
70. (92.) Lesbia's Schmähungen 120
71. (93.) Cäsar 120
72. (95ᵃ.) Cinna's Gedicht „Smyrna" 120
73. (95ᵇ.) Ansprechende Kleinigkeit 121
74. (96.) An Kalvus 122
75. (101.) Am Grabe des Bruders 122
76. (102.) An Kornelius 123
77. (103.) An Silo 124
78. (104.) Verleumdung 124

— XII —

Seite

79. (105.) Mentula 125
80. (106.) Verdächtige Begleitung 125
81. (107.) An Lesbia 125
82. (108.) Kominius 126
83. (109.) An Lesbia 127
84. (110.) Aufilena 127
85. (111.) Dieselbe 128
86. (113.) An Cinna 128
87. (114.) Mentula 129
88. (116.) An Gellius 130

Katull's Gedichte.

1. An Kornelius Nepos.

Wem wohl schenk' ich das hübsche neue Büchlein,
Kaum mit trockenem Bimsstein ausgeglättet?
Dir, Kornelius, weil du mein Getändel
Doch für etwas gewißt zu halten pflegtest,
Da schon, als du allein von uns Latinern   5
In drei Bücher die Weltgeschichte faßtest,
Und, beim Himmel, mit viel Geschick und Fleiße.
Du empfange darum dies ganze Büchlein
Zum Geschenke von mir für alle Zeiten,
Wie nun eben es ist; nicht ich indessen,   10
Nein die schirmende Jungfrau, Bester, schenkt dir's.
Möcht' es länger als ein Jahrhundert leben! *)

------

*) V. 8 — 12:
   Quare habe tibi quidquid hoc libelli
   Donum a me, quod in aeternum omne tempus,
   Qualecunque quidem: *sed, o beate,*
   Non dono tibi, sed patrona virgo.
   Plus uno maneat perenne saeclo!

                                  (USCHNER.)

2. Lesbia's Sperling.

Sperling, süßeste Wonne meines Mägdleins,
Den im Busen sie hegt, mit dem sie tändelt,
Dem sie, wenn er heranfliegt, ihres Fingers
Spitze gibt und zu scharfem Biß ihn anreizt:
5 Wenn die holde Geliebte meines Herzens
Anmuthsvoll sich in Scherz einmal erginge,
Ihre Schmerzen zu lindern, dann — so glaub' ich —
Käm' die heftige Liebesglut zur Ruhe.
Könnt' ich spielen mit dir doch, wie sie selber,
10 Und erleichtern des Herzens schweren Kummer!
Freuen würde mich dies, sowie die rasche
Jungfrau einst sich gefreut des goldnen Apfels,
Der den lange geschloss'nen Gürtel löste. *)

----

3. Klage um den Tod des Sperlings.

Klagt, ihr Götter und Göttinnen der Liebe
Und mit feinerem Sinn begabte Menschen:
Todt, ja todt ist der Sperling meines Mägdleins,
Er, die süßeste Wonne meines Mägdleins,
5 Den sie zärtlicher liebt' als ihre Augen.
Denn er war ja so wunderlieblich, kannte

*) Atalanta, die Tochter des böotischen Königs Schöneus,
wurde durch goldene Aepfel, die ihr Venus bei einem Wett-
lauf in den Weg legte, ihrem Geliebten Hippomenes gewonnen.

Sie so gut wie ein Mägdlein ihre Mutter,
Und er rührte sich nicht von ihrem Schooße,
Sondern hüpfend umher, bald hier = bald dorthin,
Piept' er immer allein um seine Herrin.   10
Jetzt nun geht er den dunkeln Weg, von welchem
Keiner, wie man behauptet, je zurückkehrt.
Dich indessen, des Orkus finstern Abgrund,
Alles Schönen Verschlinger, treffe Leidsal,
Daß den reizenden Spaß du mir geraubt hast.   15
O der frevelen That! o armer Sperling!
Deinetwegen, ja deinetwegen weint sich
Nun die schwellenden Augen roth mein Mägdlein.

---

4. Die Weihe der Barke.

Die Barke, die ihr hier, geliebte Freunde, schaut,
Die war, so sagt sie, aller Schiffe raschestes.
Kein einz'ges Fahrzeug gab es, noch so ungestüm,
Was sie nicht überholt hätt', ob mit Ruderkraft
Einherzufliegen noth that, ob mit Segelwerk.   5
Und dieses, sagt sie, leugnet weder Adria's,
Der Sturmflut, Strand, noch leugnen die Zykladen
                                             dies,
Das edle Rhodus, noch das rauhe Thrazien,
Propontis nicht und .nicht des Pontus Schreckens=
                                             bucht,
Wo diese, nachmals Bark', in einer frühern Zeit   10

Ein dichtbelaubter Baum war, denn da rauscht' er oft
Mit vielgeschwäß'gem Laubwerk auf Zytorus' Höh'.
Dir, Pontusstadt Amastris, und Zytorus, dir,
Dem Buxbaumträger,*) sagt die Barke, sei dies auch
15 Gar wohl bekannt, sie habe ja von Urbeginn
Auf deinem Gipfel; sagt sie, ihren Stand gehabt,
In deine Flut zuerst die Ruder eingetaucht
Und dann durch soviel ungestümer Sunde Braus
Den Herrn getragen, ob der Wind sie linkshin, ob
20 Er rechtshin sie gelockt, ob Zeus geneigten Sinns
Mit vollem Hauch in beide Segelenden blies.
Den Strandgottheiten habe sie kein einzigmal
Gelübde dargebracht, wenn sie vom fernsten Meer
Bis hier an diesen spiegelhellen Weiher kam.
25 Doch dieses war vor Zeiten; jetzt, da altert sie
In sichrer Ruh und dir, o Kastor, weiht sie sich
Und dir, des Kastor trautem Zwillingsbrüderlein.

5. An Lesbia.

Laß uns, Lesbia, leben, laß uns lieben
Und der grämlichen Alten Sticheleien
Allzusammen nicht einen Deut uns werth sein.
Sonnen können vergehn und wiederkommen:
5 Wir, wenn untergegangen unser Lichtlein,

---

*) Zytorus, ein buxbaumreicher Berg in Paphlagonien.

Sind in ewige dunkle Nacht gebettet.
Gib mir tausend und dann mir hundert Küsse,
Tausend andere dann, dann wieder hundert,*)
Wieder andere tausend, wieder hundert.
Dann, wenn tausender viele wir gewechselt,   10
Laß uns alle verwirren, daß wir selber
Gar nichts wissen und auch uns keiner neide,
Der da wüßte die Unzahl unsrer Küsse.

---

6. An Flavius.

Sicher, Flavius, nenntest du dein Schätzchen,
Wenn nicht häßlich und ungeschlacht es wäre,
Dem Katullus und könnt'st es nicht verschweigen.
Doch für irgend ein fieberhaftes Dirnlein
Glühst du, Bester, und schämst dich, dies zu sagen,   5
Denn daß einsam du nicht durchschläfst die Nächte,
Kündet laut das vergebens stumme Lager,
Das von syrischem Oel und Kränzen duftet,
Und dein Kissen, entsetzlich hier und dorten
Durchgescheuert, des Bettgestells, des morschen,   10
Unablässiges Knarren und Geschaukel.
Dies muß alles doch deutlich offenbaren.
Und wem sagen nicht schon die welken Lenden,**)

*) Dein mille altera, dein secunda centum.
**) Nam nil ista valet, nihil tacere.
　　Cui non tam latera ecfutata pandant, etc.

Welch Getändel des Nachts du pflegst zu treiben?
15 Darum, wie es auch sei, ob gut, ob böse,
Thu mir's kund, und mit wunderschönen Versen
Will ich dich und dein Lied zum Himmel heben.

---

7. An Lesbia.

Fragst du, Liebchen, wie viel von deinem Munde
Küsse möchten genügen meiner Inbrunst?
So viel libyscher Sand sich auf Zyrene's
Laserzeugenden *) Steppen läßt erblicken
5 Zwischen Jupiter=Ammon's glühem Tempel
Und dem heiligen Grab des alten Battus;
So viel Sterne herniederschaun zur Nachtzeit
Auf der Menschen verstol'ne Liebeleien:
So viel Küsse von deinem Mund zu küssen
10 Würde gnügen Katull, dem Hirnverbrannten,
Die kein spähender Lauscher könnte zählen
Und kein tückischer Zauberspruch berufen.

---

*) Laser, der Saft aus der afrikanischen Pflanze Silphium.

8. Ermannung.

Hör' auf, Katull, du armer Wicht, ein Thor zu sein,
Und gib verloren das, was du verloren siehst.
Es glänzten früher sonnenhelle Tage dir,
Als hin du gingst, wohin dich jenes Mädchen zog,
Die du geliebt, wie keine einer lieben wird. —   5
Da wurde Scherz getrieben, viel und mancherlei,
Der dir so lieb, dem Mädchen nicht zuwider war,
Da glänzten wahrlich sonnenhelle Tage dir.
Jetzt sträubt sie sich, drum lauf mit tollem Ungestüm
Nicht dem noch nach, was flieht, und lebe wohl=   10
            gemuth.
Mit festentschloss'nem Sinn harr' aus, verhärte dich.
Leb wohl, o Mädchen, sieh, Katull verhärtet sich;
Er fragt nicht mehr nach dir, begehrt dich Spröde
            nicht,
Doch du wirst trauern, wenn dich keiner mehr begehrt.
Heillose, weh dir, welch ein Leben bleibt dir dann! 15
Wer wird dich angehn, wer wird schön dich finden
            noch?
Wen wirst du lieben, wessen trautes Schätzchen sein?
Wen wirst du küssen, wem die Lippen beißen? Sprich!
Doch du, Katull, sei standhaft und verhärte dich.

9. An Verannius.

O Verannius, du, von allen Freunden,
Von den tausenden allen, mir der liebste,
Kamst du wieder nach Haus in deiner Brüder
Trautgemüthlichen Kreis, zur alten Mutter?
5 Ja du kamst. O der frohen Kund'. Ich werde
Wohlbehalten dich wiedersehn, dich hören
Vom iberischen Land und Volk erzählen,
Wie du pflegst, und an deinem Halse hangend
Dir die Augen, den Mund, den lieben, küssen.
10 O ihr Menschen, ihr hochbeglückten alle,
Wer ist glücklicher nun, als ich, und froher?

---

10. Des Varus Geliebte.

Mir sein Liebchen zu zeigen hatte Varus
Mich dem Forum entführt, mich Müßiggänger:
Ein Buhldirnchen — ich sah's beim ersten Blicke —
Sonst nicht übelgestaltet, nicht ohn' Anmuth.
5 Als wir waren erschienen, kam die Rede
Auf gar mancherlei Sachen, unter andern
Auf Bithynien, wie es dort bestellt sei
Und wie viel es an Geld mir eingetragen.
Ich gab richtig Bescheid: es ziehe keiner,
10 Weder irgend ein Prätor noch ein Söldner,
Aus dem Lande mit straffem Seckel heimwärts,

Jetzt zumal, da der Prätor dort, ein Lüſtling,
Kein armſeliges Haar ſein Kriegsvolk werth hält.
„Aber", ſagten die Zwei, „was dort zu Lande
Altherkömmlicher Brauch ſoll ſein, du haſt doch   15
Sänftenträger geworben?" — Um dem Mägdlein
Mich als einen zu zeigen, welcher Geld hat,
Sprach ich: „Nun, es erging mir nicht ſo übel,
Daß ich, ob die Provinz auch ſchlecht beſtellt war,
Nicht acht tüchtige Kerle mir erhandelt."   20
(Keinen aber, nicht dort noch hier, beſaß ich,
Der das morſche Geſtelle meines Faulbetts
Auf den Nacken ſich laden konnte, keinen.)
Drauf ſprach jene nach frecher Dirnen Weiſe:
„Leih mir die doch ein wenig, mein Katullus,   25
Denn ich wollte mich eben zum Serapis
Tragen laſſen." — „Gemach", verſetzt' ich, „warte!
Was ich eben als mein dir nannte, damit
War's nicht richtig: der Cinna, Kajus Cinna,
Iſt mein Freund,*) es erwarb die Burſchen dieſer; 30
Doch ob ſein, ob ſie mein ſind, was verſchlägt mirs?
Ich gebrauche ſie ſo wie mein Beſitzthum.
Du biſt albern jedoch und läſtig, daß du
Keinem irgend ein Wort zu viel geſtatteſt."

*) — — meus sodalis
Cinna est Gaīus, is etc.

11. An Furius und Aurelius.

Ihr, Katull's treuliebende zwei Gefährten,
Möcht' er ziehn bis weit zu den fernsten Indern,
Wo den Meerstrand geißelt des Ostgewoges
    Donnernde Brandung;
5 Möcht' er ziehn zu Arabern, zu Hyrkanern
Oder Sakern, pfeilebewehrten Parthern
Und wo Nilus' sieben getrennte Arme
    Färben die Meerflut;
Möcht' er überschreiten die hohen Alpen,
10 Um zu schaun die Male des großen Cäsar
Und den Rhein, den gallischen Strom, das Grausmeer,
    Ferne Britannen:
Ihr, die all dies, wie es der Götter Wille
Heischen mag, mit mir zu bestehn bereit wär't,
15 Meldet meinem Mädchen ein kurzes, nicht sehr
    Freundliches Wörtchen:
Mag es wohl ihr gehn mit ihren Buhlern,
Deren jetzt dreihundert sie hält umschlungen,
Keinen wahrhaft liebt und die Eingeweide
20   Allen zerrüttet.
Nicht wie vormals denke sie meiner Liebe,
Die durch sie erstarb wie ein zartes Blümchen
Hart am Wiesenrand, das, vorüberstreifend,
    Knickte die Pflugschar.

12. An Afinius.

Marruziner Afinius, nicht bedienst du
Deiner Linken dich gut bei Scherz und Weine:
Unachtsamen entführst du ihre Tücher.
Hältst du dieses für Witz? Du weißt, o Fant, nicht,
Wie gar schmutzig das ist und unmanierlich.   5
Glaubst du's mir nicht, so glaub' es deinem Bruder,
Glaub's dem Pollio, der mit schwerem Golde
Deinen diebischen Sinn dir gern vertriebe,
Denn er ist ein gesittet=lieber Knabe.
Darum mach' dich gefaßt auf ein paar hundert   10
Schmähelsfilbeler oder gib das Tuch mir
Wieder, welches mir nicht ob seinem Geldwerth
Lieb ist, sondern als Freundesangedenken.
Dies sätabische Schweißtuch nämlich sandten
Aus Iberien gütig mir Fabullus   15
Und Verannius: dieses muß ich lieben
Wie Verannius selber und Fabullus.

13. An Fabullus.

Speisen sollst du bei mir, Fabull, und trefflich,
Wenn's den Göttern gefällt, in wenig Tagen,
Wenn ein gutes und reiches Mahl du mitbringst
Und ein reizendes Mägdelein daneben,
Wein nicht minder und Salz und heitre Laune.   5

Bringst du dieses uns mit, mein Allerbester,
Trefflich speisest du dann, denn bei Katullus
Ist der Seckel gefüllt mit Spinneweben.
Dafür aber erhältst du wahre Liebe
10 Und was Süßres vielleicht und Wonnereichres,
Denn ich gebe dir Balsam, der von Venus
Und Kupido geschenkt ward meinem Mädchen:
Riechst du diesen, so flehst du zu den Göttern,
Daß sie ganz dich zur Nase machen möchten.

---

14. An Licinius Kalvus.

Wenn ich zärtlicher nicht als meine Augen
Dich, holdseliger Kalvus, liebte, lohnt' ich
Mit vatinischem Haß*) dir diese Gabe.
Was denn hab' ich begangen, was gesprochen,
5 Daß mit solchen Poeten du mich peinigst?
Strafen sollen die Götter den Klienten,
Der solch schlechtes Gesindel dir geschickt hat.
Gab dir etwa der schriftgelehrte Sulla
Diesen seltenen Fund, wie ich vermuthe,
10 Dann betrübt es mich nicht, nein, macht mir Freude,
Daß du wurdest belohnt für deine Mühe.
Welch ein schofles, verwünschtes Buch, ihr Götter,

---

*) P. Batinius, Feind des Cicero, wurde von diesem
seinen Mitbürger so verhaßt gemacht, daß odium Vatinianum
eine sprichwörtliche Redensart ward.

Daß du deinem Katullus haft gefendet,
Daß er felbigen Tag des Todes ftürbe,
Grab' am Fefte Saturns, dem fchönften Tage.   15
Dies foll aber, o Schalk, dir nicht fo hingehn,
Denn fobald es getagt, durchlauf' ich alle
Bücherläden und fammle alles Schundzeug
Von Aquinus und Cäfius, Suffenus.   ,
Und vergelte mit diefer Qual den Dienft dir.   20
Fort indeffen mit euch, geht hin, von wannen
Ihr mit leidigem Schritt feid hergewandert,
Wehfal unferer Zeit, ihr fchlechten Dichter!

---

15. Fragment. *)

Wenn ihr etwan, ihr Lefer meiner Poffen,
Euch nicht folltet entblöden, unbarmherzig
Eure fchäbigen Händ' an mich zu legen —

---

16. (18.) An eine Pflanzftadt.

Pflanzftadt, die du zu fpielen ftrebft auf der mäch=
tigen Brücke
Und zu fpringen bereit fchon bift, aber fürchteft der
Brücke

---

*) Als folches von Katull verfaßt, mit einer Apofio=
pefis endend, die an Birgil's Quos ego erinnert.

Schwache Beine — da morsches Holz ihr verleihet
die Stützen —
Daß nicht etwa sie niedersinkt und sich bettet im
Sumpfe:
5 Möge völlig nach Herzenswunsch fest die Brücke
dir werden,
Daß die salischen Priester selbst dort sich tummeln
im Festtanz.
Mir gewähre das eine nur, Pflanzstadt, etwas zum
Lachen:
Einen Bürger aus meiner Stadt säh' ich gerne
vom Brücklein
Häuptlings stürzen in Koth und Moor, Kopf und
Füße sich salbend.
10 Dorthin, wo sich des ganzen See's und des stin=
kenden Sumpfes
Tieffte, dunkelfte Lache beut, soll mein Bürger mir
stürzen —
Ein ganz alberner, dummer Kerl, nicht so klug wie
ein Knäblein,
Das, zweijährig, in süßem Schlaf liegt im Arme
des Vaters.
Er, obgleich er das schönste Kind sich erkoren zum
Weibe,
15 Ja, ein Mägdelein, zarter traun als das zarteste
Zicklein,
Die sorgsamer zu hüten wär' als die dunkelsten
Trauben,

Läßt sie spielen wie ihr beliebt, hält kein Härchen
    sie werth nun,
Rührt sich nimmer von seinem Platz, sondern gleich=
    wie im Erlbaum,
Umgehau'n mit dem Beile, plump liegt im Ligurer=
    graben
Und so viel von der Welt vernimmt, als ob gar 20
    nicht er drin wär':
So fehlt meinem besagten Staps Ohr für alles
    und Auge;
Selbst nicht weiß er dir, wer er ist, ob er oder ob
    nicht lebt.
Den nun möcht' ich von deiner Brück' häuptlings
    werfen hinunter,
Ob der schläfrige Tropf vielleicht plötzlich wäre zu
    wecken
Und im Kothe den Geist vielleicht läßt, den dus= 25
    ligen, stecken,
Wie im zähen Morast des Hufs Eisensohle das
    Maulthier.

---

17. (19.) An den Gartengott.

Dieses Wäldchen bestimm' ich dir, weih' ich dir, o
    Priapus,
Der in Lampsakus Wohnung hat, auch Gehölze,
    Priapus:

2

Denn vornehmlich des Hellespont städt'umgürtete
Küste
Ehrt dich, welche von Austern strotzt mehr als andere
Küsten.

---

18. (20.) Der Gartengott.

O ihr Jünglinge, diesen Platz und die sumpfige
Villa,
Die mit Binsen gedeckt ihr seht und mit Bunden
von Riedgras,
Pfleg' ich trockener Eichenstamm — ich, mit ländlicher
Holzart
Zugehauen — um dieses Gut mehr alljährlich zu
heben.
5 Denn mich halten in Ehren stets und begrüßen als
Gott mich
Dieses ärmlichen Hüttchens Herrn, Sohn und Vater,
die Pflanzer.
Der sorgt immer mit regem Fleiß, daß sich nimmer
des starren
Dornenhaltigen Grases Wust schleich' um meine
Kapelle;
Mit freigebigen Händen bringt der mir kleine Geschenke.
10 Wenn der blühende Lenz beginnt, wird ein farbiger
Kranz mir

Hingelegt und in zartem Grün sanftaufsprießende
Aehren,
Safranfarbne Violen auch, safranfarbiger Mohn
auch,
Manch ein bläßliches Kürbishaupt, lieblich duftende
Aepfel,
Rothe, unter dem Rebenlaub auferzogene Trauben.
Und hier diesen Altar (doch schweigt still!) befeuchtet 15
mit Blute
Manch ein bärtiges Böckchen mir, manch horn=
füßiges Geißlein.
Und für solcherlei Ehren muß all dies leisten Priapus,
Muß dem Eigner den Garten, muß ihm bewachen
den Weinberg.
Darum, Jungen, enthaltet euch hier des schänd=
lichen Raubens.
Reich ist aber der Nachbar da, lässig dessen Priapus: 20
Dort entwendet; der Fußsteig hier führt euch sicher
zum Ziele.

----

19. (21.) Priapus.

Ich hier mit ländlichschlichter Kunst gefertiget,
Ich, Wandrer, sieh, ein bloßer trockner Pappelstumpf,
Beschütze dieses Gütchen, das du links erblickst,
Des armen Eigners Villa nebst dem Gärtchen hier,
Und halte sorgsam böse Diebeshände ab.   5

Im Lenze wird ein bunter Kranz mir hingelegt,
Goldfarbne Aehren dann in heißer Sommerzeit,
Dann süße Trauben, schön von grünem Laub um=
    prangt,
Entfallne Oelbaumfrüchte noch bei Winterfrost.
10 Auf meiner Weid' erzogen trägt die Geis zur Stadt
Die Euter, strotzend angefüllt mit süßer Milch,
Aus meinen Hürden läßt das fette Lamm den Herrn,
Die Rechte schwer, mit Gold belastet, heimwärts
    ziehn,
Und bei der Mutter Schmerzgebrüll vergießt sein
    Blut
15 Das zarte Kalb, an Göttertempeln hingewürgt.
Darum, o Wandrer, hege Scheu vor diesem Gott
Und halte — dieses frommt dir — deine Hände fern,
Sonst droht der rohgeformte grimme Phallus dir.
„Das wäre!“ sagst du; aber sieh, der Meier kommt
20 Und reißt mit starkem Arme mir den Phallus aus,
Der nun in seiner Faust zur tücht'gen Keule wird.

---

20. (22.) An Varus.

Suffenus, liebster Varus, der dir wohlbekannt,
Ist ein beredter, feiner, liebenswürd'ger Mann,
Der nebenbei die allermeisten Verse macht.
Zehntausend, glaub' ich, hat er oder mehr bereits
5 Verfertiget und nicht, wie's Brauch, auf Eselshaut

Sie hingeworfen, Prachtpapiere, neuen Bast
Und neue Rollen, rothe Schnürchen schafft' er an,
Linirte Blätter, alles glatt mit Bims gemacht.
Doch lies't du dies, so scheint der hübsche, feine Mann
Suffen ein Ziegenmelker oder Gräber dir: 10
So sticht er ab, so umgewandelt däucht er dir.
Du fragst, was das bedeute? Der ein Stutzer erst
Und feiner noch, wenn's etwas fein'res gibt, dir schien,
Wird flegelhafter als ein Bauerflegel stracks,
Sobald er Verse macht, und dennoch fühlt er nie 15
Sich so beglückt wie dann, wenn ein Gedicht er
            schreibt;
So freut er sich im Herzen, so bestaunt er sich.
Wir all' indessen fehlen so und keinen gibt's,
Der nicht in einer Art als ein Suffenus dir
Vor Augen träte: jedem klebt ein Fehler an,   20
Doch sehn wir nicht den Ranzen, weil er hinten hängt.

---

21. (24.) An den Knaben Juventius.

O du Blume von allen, die noch heute
Sich Juventier nennen, einst so hießen
Und inskünftige je so heißen werden:
Lieber wünscht' ich, du gäbst des Midas Schätze
Jenem, dem es gebricht an Knecht und Kasten,   5
Als daß so du von ihm dich ließest lieben.

„Wie, ist dieser nicht schön?" fragst du; er ist es,
Doch der Schöne besitzt nicht Knecht noch Kasten.
Dies verwirf, wie du willst, und unterschätz' es,
10 Dennoch sag' ich, es fehlt ihm Knecht und Kasten.

---

22. (25.) An Thallus.

Schandlüstling Thallus, welcher du als Bließe von
    Kaninchen —
Kaninchenbließe, Gänseflaum und Ohrenläppchen=
    weiche,
Als eines Greises schlappes Glied und Webewerk
    der Spinne,
Und doch, o Thallus, räubrischer als Wirbelsturmes=
    tosen,
5 Wenn schreiendes Gevögel rings die Göttin läßt
    erblicken: *)
Gib meinen Mantel mir zurück, den du mir hast
    gestolen,
Mein Schweißtuch von Sätaberstoff, die thynischen
    Gemälde,
Was alles du freioffen hegst, du Lümmel, wie Er=
    erbtes.

*) Cum diva mulier alites ostendit oscitantes.
(Die Göttin: Luna.)

Dies mach' aus deinen Klauen los und sende mir
es wieder,
Daß deine Lendchen, wolleweich, und deine zarten 10
Patschchen
Die hartgeglühte Geißel nicht dir jämmerlich zer=
bläue,
Daß du nicht schmählich tanzen mußt, gleichwie auf
hohem Meere,
Von einem tollen Sturm gepackt, die schwächliche
Galeere.

---

23. (26.) An Furius.

Dein Landgütchen beläſtigt nicht des Südwinds
Hauch, o Furius, nicht der Hauch des Zephir,
Noch der grauſige Nord, kein Hauch des Eurus,
Doch behauchen es mehr als Fünfzehntauſend.
O der ſchrecklichen, peſterfüllten Luftart!   5

---

24. (27.) An den Mundſchenk.

Füll' vom alten Falernerwein, o Knabe,
Mir mit ſtärkerem Tranke meinen Becher,
Wie Poſtumia fordert, meine Herrin,

Sie, betrunkner als trunkne Traubenkerne.
Fort indessen mit euch, ihr Wasserfluten,
Weinverderber, zu Grillenfängern wandert.
Hier fließt lauterer Saft des Thyonäers.*)

---

25. (30.) An Alphenus.

O Alphenus, so leichtsinnig und falsch gegen Ver=
traute du,
Harter, dauert dich nicht, der doch so werth früher
dir war, der Freund?
Sinnst du, Falscher, mir schon Trug und Verrath
ohne Bedenken aus,
Ach, was sollen wir thun, Sterbliche wir, sage doch,
wem noch traun?
Du, o Schändlicher, hast dir zu vertraun einst mir
geheißen, mich,
Dich zu lieben, als ob sicher bei dir alles mir wär',
verlockt.
Nun ziehst du dich zurück; was du gesagt, was du
gethan, du gibst
Alles dieses zum Spiel nichtigem Wind, luftigen
Wolken preis.
Du vergaßest es zwar, Fides jedoch nicht und die
Götter nicht —

*) Thyone, Name der Semele als Göttin.

Fides, welche dir Reu' deines Vergehns später er- 10
   wecken wird.
Und den Göttern gefällt sündliches Thun trüglicher
   Menschen nicht.
Doch das achtest du nicht, lässest im Stich leiden-
   umdrängt den Freund.

------

26. (31.) An die Halbinsel Sirmio.

Von allen Halbeilanden, allen Inseln du,
O Sirmio, mein Aug', so viel in klaren See'n
Und auch im weiten Meere Gott Neptunus hegt,
Wie gern, mit welcher Herzenslust besuch' ich dich!
Kaum glaub' ich, daß ich Thynien und Bithyniens 5
   Au'n
Verlassen hab' und dich erblick' im sichern Port.
O was ist süßer, als von Sorgen frei zu sein,
Wenn sich der Geist entlastet, wenn ermattet wir
Von Auslandsmühn den Heimatherd erreichten und
In unserm eignen heißersehnten Bette ruhn! 10
Dies ist's allein, was solche große Qualen lohnt.
Gegrüßt sei, holdes Sirmio, freu' des Herren dich,
Freut euch auch ihr, o Wellen dieses Lydersees,
Und alles lache, was daheim nur lachen kann.

27. (34.) An Diana.

Wir stehn unter Dianens Schutz,
Keusche Knaben und Mägdelein;
Keusche Knaben und Mägdelein,
 Laßt uns feiern Dianen.

O Latonia, mächt'ger Sproß
Du des mächtigsten Jupiter,
Die die Mutter in Delos einst
 Hat geboren am Oelbaum,

Daß du würdest der Berge, du
Grüner Wälder Gebieterin
Und verborgener Schluchten und
 Lautaufrauschender Ströme.

Arme Kreißende, schmerzdurchzuckt,
Nennen Juno = Lucina dich,
Du heißt Trivia, Luna du
 Vom entliehenen Lichte.

Du, indem du des Jahres Bahn
Missest mittelst des Mondenlaufs,
Füllst die ländlichen Scheuern voll
 Mit gesegneten Früchten.

Sei mit jeglichem Namen uns
Heilig, leihe des Romulus
Und dem Volke des Ankus Schutz
 Freundlich, wie du gewohnt bist.

28. (35.) Einladung.

Unsern lieblichen Sänger, meinen trauten
Freund Cäcilius, fordre auf, o Blättchen,
Nach Verona zu kommen, Novumkomum
Und die larische Küste zu verlassen.
Denn ich hege den Wunsch, daß er gewisse   5
Pläne seines und meines Freundes höre.
Darum wird er sich sputen, wenn er klug ist,
Wenn sein reizendes Mädchen auch beim Schreiten
Tausendmal ihn zurückruft, beide Hände
Um den Nacken ihm legt, ihn mahnt zu bleiben,   10
Sie, die, wenn mir die Wahrheit ward berichtet,
Jetzt unbändig in diesen Mann verliebt ist.
Denn seitdem er das Lied von Dindymene*)
Vorliest, das er begonnen, wird der Armen
Schier das innerste Mark verzehrt von Liebe.   15
Ich verzeih dir, o Mädchen, die du weiser
Als die Muse der Sappho bist, denn reizend
Singt Cäcilius seine Göttermutter.

---

*) Zybele, die Göttermutter, die auf dem phrygischen
Berge Dindymus verehrt wurde.

29. (36.) Die Annalen des Volusius.

Ihr, Volusius' Chronik, Sudelblätter,
Löst mir jetzt ein Gelübde meines Mägdleins:
Denn der heiligen Venus und Kupido
Schwor sie, wenn ich der Ihre wieder würde
5 Und mit schrecklichen Jamben*) nicht mehr schösse,
Unsres schlechtesten Dichters auserles'ne
Schreibereien zu weihn dem lahmen Gotte,
Daß unseliges Scheitholz sie verzehre.
Und das häßliche Mädchen sah hierinnen
10 Ein belustigend, artiges Gelübde.
Du, dem bläulichen Meer entsproß'ne Göttin,
Die Idalium's Hain, die Syrerebnen
Und Ankona, das schilfumzogne Knidos
Du bewohnst, Amathunt bewohnst und Golgi
15 Und Dyrrhachium, Adria's Taberne:
Laß nun jenes Gelübde mir gelöst sein,
Wenn nicht garstig es ist und ungeschliffen.
Ihr kommt aber herbei mir nun zum Feuer,
Die von bäurischem Wuft ihr strotzt und Plumpheit,
20 Ihr, Volusius' Chronik, Sudelblätter.

———

*) Jamben, im weitern Sinne: satirische Verse.

30. (38.) An Kornificius.

Kornificius, deinem Freund Katullus
Geht's, beim Herkules, schlecht, ja schlecht und leidvoll,
Ach, und täglich und stündlich immer schlechter.
Haft du, was doch so leicht und so gering ist,
Ihn getröstet mit irgend einem Zuspruch?   5
Ich bin gram dir; vergiltst du so mein Lieben?
Rührt doch tiefer ein noch so kleiner Zuspruch
Als Simonides' thränenreiche Lieder.

---

31. (40.) An Ravidus.

Welch unseliger Blödsinn treibt dich jählings,
Armer Ravidus, mir in meine Jamben?
Welch ein Gott, den du riefst zur bösen Stunde,
Sucht den rasenden Streit dir zu erregen?
Willst du gern in das Volksgerede kommen?   5
Was begehrst du? Um jeden Preis Berühmtheit?
Nun, sie werde dir, weil zu langer Buße
Du mein Schätzchen zu lieben dich erkühnt haft.

---

32. (41.) Mamurra's Geliebte.

Ameana, das ganz verbuhlte Mädchen,
Hat zehntausend Sesterze mir gefordert,
Jenes Mädchen mit solcher garst'gen Nase,
Sie, die Freundin des formianer Prassers.
5 Ihr Verwandte, die Pfleger dieses Mägdleins,
Ruft die Freunde, die Aerzte ruft zusammen;
Dieses Mädchen ist aberwitzig; fragt nicht,
Was ihr fehle: sie tollt, ist ganz von Sinnen. *)

---

33. (42.) Höfliche Bitte.

Auf, Elfsilbeler, kommt, so viel ihr zählet,
Allher tretet, so viel ihr seid, zusammen:
Eine schändliche Dirn' hat mich zum besten
Und verweigert herauszugeben euer
5 Schreibetäfelchen, wenn ihr dieses leidet.
Laßt uns diese verfolgen und bestürmen.
Fragt ihr, welche gemeint sei? Die ihr frech dort
Seht entschreiten, und mimenhaft und widrig
Mit dem gallischen Hundemaule lachen.
10 Auf, umstehet das Laster und bestürmt sie:
„Garst'ge Metze, das Heftchen gib uns wieder,
Gib das Heftchen zurück, du garst'ge Metze."

*) — — nec rogate,
Qualis sit: solide est imaginosa.

Wie, das gilt dir für nichts? du Koth, du Buhlstatt,
Oder gibt es ein Ding, das noch verworfner.
Doch das ist für genug noch nicht zu achten.   15
Wenn nichts anderes, woll'n wir doch ein Schamroth
Aus dem eisernen Hundsgesichte pressen.
Schreit mit lauterer Stimme nun von neuem:
„Garst'ge Metze, das Heftchen gib uns wieder,
Gib das Heftchen zurück, du garst'ge Metze."   20
Doch nichts richten wir aus, sie bleibt unrührbar;
Drum aus anderem Tone müßt ihr sprechen,
Wenn noch etwas ihr auszurichten wünschet:
„Biedre, Züchtige, gib zurück das Heftchen."

---

34. (43.) Mamurra's Freundin.

Gruß dir, Mädchen mit nicht zu kleiner Nase,
Nicht gar zierlichem Fuß und schwarzen Augen,
Noch mit länglichen Fingern, trocknem Munde
Und noch minder mit allzufeiner Sprache,
Du, die Freundin des formianer Prassers.   5
Dich rühmt deine Provinz als eine Schönheit?
Meine Lesbia wird mit dir verglichen?
O geistloses und albernes Jahrhundert!

35. (44.) An das Landgut.

Mein Landgut, sei sabinisch, sei tiburtisch du —
Tiburtisch nennen die dich, die nicht gerne mich
Betrüben möchten, aber wer mich gerne kränkt,
Um alles wettet der, daß du sabinisch bist —
5 Du magst sabinisch oder, welches richt'ger ist,
Tiburtisch sein, ich weilt' in deiner Villa gern,
Wo ich den bösen Husten meiner Brust enttrieb,
Mit dem nicht ohne meine Schuld mein Magen mich
Beschenkte, weil nach fettem Schmaus ich lüstern war.
10 Denn da ich Sestius' Tischgenosse wollte sein,
Liest der mir eine Rede gegen Antius vor,
Den Kläger, die mit Gift und Pestilenz gefüllt.
Stracks quält' ein Schnupfenfieber und ein Husten
mich
So lange, bis in deinen Schooß ich floh und mir
15 Durch Ruh und Nesselnaufguß auf die Beine half.
Drum sag' ich, wieder hergestellt, dir großen Dank,
Daß du nicht mein Vergehn an mir gerochen hast,
Und wünsche, daß, wenn Sestius' schlechte Schrei=
berei'n
Mir wiederkommen, dieser Schund nicht mir, viel=
mehr
20 Dem Sestius Husten bringen mög' und Schnupfenweh,
Der dann mich ruft, wenn er ein schlechtes Mach=
werk liest.

36. (45.) Akme und Septimius.

Akmen haltend im Schooß, sein liebes Liebchen,
Sprach Septimius: „Akme, meine Akme,
Wenn nicht sterblich ich jetzt dich lieb' und ferner
Dich auf ewige Zeiten lieben werde,
Wie nur einer zum Sterben lieben könnte,   5
Mög' in Libyen, mög' im heißen Indien
Mir ein grimmiger Löw' entgegenkommen."
Als er dieses gesagt, niest' Amor Beifall,
Wie zur Linken vorher, so jetzt zur Rechten.
Akme, leise zurück ihr Köpfchen beugend   10
Und des theueren Jünglings trunkne Augen
Herzlich küssend mit ihrem Rosenmunde,
Sprach: „Septimius, so, du Liebster, laß uns
Diesem Herren allein beständig dienen,
Wie viel heißere, ach, viel stärkre Gluten   15
Gegenwärtig in Mark und Bein mir lodern."
Als sie dieses gesagt, niest' Amor Beifall,
Wie zur Linken vorher, so jetzt zur Rechten.
So von günstigen Zeichen ausgegangen,
Freu'n sich beide der Lieb' und Gegenliebe.   20
Allen Syrier- und Britannenfrauen
Zieht Septimius vor die einz'ge Akme,
Und Septimius ist der treuen Akme
Allereinzige Lust und Liebeswonne.
Wer hat höher beglückte Menschenkinder,   25
Wonnereichere Liebe je gesehen?

37. (46.) Frühlingsankunft.

Schon bringt lauere Luft der Frühling wieder,
Schon verstummen des Winters tolle Stürme
Vor des Zephirus anmuthreichem Säuseln.
Auf, Katullus, verlaß die Phrygerauen
5 Und des heißen Nizäa Fruchtgefilde;
Fleug nach Asiens herrlichschönen Städten.
Schon strebt zitternd der Geist hinauszuschweifen,
Schon belebt mir die Füße Lust zum Wandern.
Lebt denn wohl, ihr Gefährten all', ihr trauten,
10 Die, weither von der Heimat mitgewandert,
Wieder heim so verschiedne Wege führen.

---

38. (47.) An Parcius und Sokration.

Euch, ihr beide, des Piso Räuberkrallen,
Euch, die Räub' und das Hungerthum des Weltalls,
Zog der schlappe Priapus meinem lieben
Freund Verannius vor und Freund Fabullus?
5 Reiche, üppige Gastgelage feiert
Ihr von Tagesbeginn, und meine Freunde
Stehn, nach Ladungen spähend, auf der Gasse?

---

39. (48.) An Juventius.

Wenn ich deine geliebten süßen Augen,
Mein Juventius, immer dürfte küssen,
O so küßt' ich zu hunderttausendmalen
Deine Augen und würde nie gesättigt,
Wenn auch dichter sogar als goldne Aehren   5
Möcht' anwachsen die Saat von unsern Küssen.

---

40. (49.) An M. Tullius Cicero.

Aller Romulusenkel größter Redner,
Markus Tullius, die da sind und waren
Und in späteren Zeiten werden aufstehn,
Allerherzlichsten Dank sagt dir Katullus,
Er, der schlechteste unter allen Dichtern,   5
So der schlechteste unter allen Dichtern,
Wie von allen du bist der beste Anwalt.

---

41. (50.) An Licinius.

Gestern spielten wir beid' in süßer Muße,
O Licinius, viel auf meinen Täflein,
Wie wir hatten bestimmt uns zu vergnügen.
Verse schrieben wir einer um den andern,
Bald in diesem und bald in jenem Maße,   5

Wechſeldichtend bei Wein und Scherzgeplauder.
Ich, Licinius, ging hierauf von dannen,
So begeiſtert von deinem Witz und Scherze,
Daß mir Armen das Eſſen nicht behagte,
10 Noch der Schlummer die Augen mir umhüllte,
Daß ich einem Verrückten gleich im ganzen
Bett mich wälzte, das Tageslicht erſehnend,
Um zu ſchwatzen mit dir, bei dir zu weilen.
Als dann endlich erſchöpft von dieſer Arbeit,
15 Halberſtorben im Bette lag mein Körper,
Macht' ich dieſes Gedichtlein dir, mein Beſter,
Draus du möchteſt erkennen meine Schmerzen.
Und nun hüte vor Trotzmuth dich, verſchmähe
Nicht mein Flehen, ich bitte dich, Geliebter,
20 Daß nicht Nemeſis Strafe von dir fordre.
Sie iſt heftig; verletze nicht die Göttin.

---

42. (51.) An Lesbia.

Einem Gott ſcheint jener mir gleich, ja Göttern
Vorzugehn, wenn ſolcherlei Red' erlaubt iſt,
Welcher dich, genüber dir ſitzend, immer
    Schauet und höret,

5 Wie ſo hold du lächelſt, was alle Sinne
Mir benimmt, mir Armen; ſobald mein Auge

Dich erblickt, o Lesbia, stockt im Munde
    Plötzlich das Wort mir. *)

Und die Zung' erstarrt, es durchläuft die Glieder
Ein verborgnes Feuer, in beiden Ohren   10
Saust und braust mir's laut, es umzieht die Augen
    Nächtiges Dunkel.

Mich umläuft kaltschauriger Schweiß, ein Zittern
Faßt mir Mark und Bein und ich werde bleicher
Als wie Heu; nur wenig noch fehlt, so sterb' ich, 15
    Hauche den Geist aus. — **)

Müßiggang bringt dir, o Katullus, Nachtheil,
Müßiggang macht keck dich und ausgelassen,
Müßiggang hat Könige schon und reiche
    Städte vernichtet. ***)   20

---

*) — — nihil est super mi
    Vocis in ore. (Heyse.)
**) *Frigidus me sudor adit, tremorque*
   Me capit totum, magis, ecce, foeno
   Palleo: quin emoriar parum deest
      Exanimerque. (Uschner.)
***) Die fünfte Strophe gehört zu einem andern Gedicht
und ist nicht, wie manche glauben, eine humoristische Wen-
dung, die Katull dieser seiner Nachbildung der Ode der Sappho
»Πρὸς γυναῖκα ἐρωμένην« gegeben.

43. (52.) Das Unerhörteste.

Was zögerst du, Katull, mit deinem Sterben noch?
Sieh, im Kurulstuhl sitzt der Struma Nonius,
Beim Konsulat schwört falschen Eid Vatinius:
Was zögerst du, Katull, mit deinem Sterben noch?

---

44. (53.) Kalvus und sein Bewunderer.

Lachen weckte mir einer auf dem Forum,
Der, als trefflich erörtert unser Kalvus,
Was für Frevel Vatinius begangen,
Voller Staunen, die Händ' erhebend, ausrief:
5 „Große Götter, ein Knirps, und so beredsam!"

---

45. (55.) An Kamerius.

Sag', ich bitte, wenn es dir nicht lästig,
Sag', in welchem Winkel du versteckt bist.
Denn ich suchté dich im kleinen Marsfeld,
Dich im Zirkus, in den Bücherläden,
5 Dich in Jupiter's geweihtem Tempel.
Auf dem pompejanischen Spaziergang
Stellt' ich alle Weiberchen zur Rede,
Die mir freundlich und gefällig aussahn,
Heischte dich zurück: „Gleich gebt den Aulus,

Gebt Kamerius her, ihr schlechten Dirnen!"   10
Eine sprach, den Bausch ein wenig lüftend:
„Sieh, in diesem Rosenbusen steckt er."
Dich ertragen ist Heraklesarbeit.
Würd' ich auch zu jenem Kretawächter,*)
Flög' ich mit des Pegasus Beschwingung,   15
Würd' ich Ladas,**) ein beschwingter Perseus,
Rhesus' weißes Zweigespann, das schnelle,
Gib dazu, was Federn hat und Flügel,
Ruf' herbei der Winde Lauf und mach' sie
Allzumal, Kamerius, mir dienstbar,   20
Dennoch würd' ich bis ins Mark ermatten
Und von Ohnmacht aufgerieben werden,
Wenn ich dich, o Trauter, suchen wollte.
So verhehlst du dich dem Freund, so schnöde?
Sag' mir, wo du anzutreffen, herzhaft   25
Thu' es kund, vertrau's dem Licht des Tages.
Halten weiße Mädchen dich gefangen?
Wenn die Zung' im Mund du hältst verschlossen,
Dann verlierst du alle Liebesfrüchte:
Venus liebt geschwätziges Geplauder.   30
Oder, wenn du willst, verschließ die Lippen,
Laß mich aber theilen deine Buhlschaft.

---

*) Dädalus, der mittelst künstlicher Flügel aus seiner
Haft auf Kreta entfloh.
**) Ein Schnelläufer Alexander's des Großen.

46. (58.) Lesbia's Entartung.

Meine Lesbia, Cälius, dieselbe,
Jene Lesbia, die Katullus einzig
Mehr als sich und die Seinen alle liebte,
Plündert jetzt die erlauchten Remusenkel
5 Auf Kreuzwegen und engen, kleinen Gäßchen.

---

47. (60.) Herzlos.

Hat eine Löwin dich auf Bergen Libyens,
Hat Szylla, deren Schooß Gebell der Hund' umtönt,
Mit solchem harten, schnöden Herzen dich erzeugt,
Daß in dem jüngsten Drangsal du des Freundes
Flehn
5 Verachten konntest, du, ach, allzusehr entherzt!

---

48. (61.) Hochzeitlied für Junia und Manlius.

Du, Bewohner des Helikon,
Hehrer Sproß der Urania,
Der das schüchterne Mägdelein
Reißt zum Mann, Hymenäus, Heil,
5   Hymen, dir, Hymenäus.

Blüten wind' um die Schläfe dir
Lieblich duftenden Majorans,
Nimm den flammigen Schleier,*) komm
Froh hieher, an dem Silberfuß
    Prang' die röthliche Sohle.   10

Und vom freudigen Tag erregt
Laß mit hellem Gesange du
Hochzeitlieder ertönen, stampf
Mit dem Fuße den Boden, schwing'
    In den Händen die Fackel.   15

Denn zu Manlius kommt als Braut,
Wie Idalion's Herrin einst
Vor den phrygischen Richter trat,
Seine Junia; gutes Glück
    Folgt der trefflichen Jungfrau,   20

Die der asischen Mirte gleich
Prangt mit blühenden Zweigelein,
Welche Hamadryaden sich
Auferziehen zu holdem Spiel,
    Freundlich nähren mit Thaue.   25

Darum wende dich hierher flugs,
Laß den thespischen Fels, geschmückt
Mit aonischer Grott', auf die
Kühlen Sprudel herniederträuft
    Aganippe, die Nymphe.   30

*) flammeum (sc. velum): der feuerfarbige Brautschleier.

Führ' dem Hause die Herrin zu,
Die nach ihrem Gemal sich sehnt;
Fest umstricke mit Lieb' ihr Herz,
Wie sich fest um den Baum herum
    Schlingt der rankende Epheu.

Ihr, o züchtige Mädchen, auch,
Denen künftig ein gleicher Tag
Wird erscheinen, in gleicher Art
Singt nun, singt: Hymenäus, Heil,
    Hymen, dir, Hymenäus.

Daß er, wenn er zu seinem Amt
Sich hört rufen, mit größrer Lust
Lenk' die Schritte hieher, der Hort
Unverbotener Liebeslust,
    Zücht'ger Liebe Vereiner.

Wer von sämmtlichen Göttern ist
Mehr den Liebenden, mehr erwünscht?
Wen verehren die Menschen mehr,
Welchen Gott? Hymenäus, Heil,
    Hymen, dir, Hymenäus.

Dich fleht sehnlich der Vater an
Für die Seinen, den Gürtel löst
Dir zu Ehren das Mägdelein;
Brünstig, gierigen Ohrs, erlauscht
    Dich der junge Vermälte.

Und vom Schooße der Mutter ziehst
Du das blühende Mädchen weg,
Gibst dem stürmischen Jüngling sie
In die Händ': Hymenäus, Heil,
    Hymen, dir, Hymenäus.   60

Nie kann Zypria ohne dich,
Nie erwirken ein Liebesglück,
Was gut hieße die Fama; doch,
Willst du, kann sie es; welch ein Gott
    Wagt sich dir zu vergleichen?   65

Nie kann Kinder ein Haus aufziehn
Ohne dich und ein Ahnherr kann
Keinen Stamm sich begründen; doch,
Willst du, kann er es; welch ein Gott
    Wagt sich dir zu vergleichen?   70

Deiner heiligen Weihe bar,
Kann kein Staat zu des Landes Schutz
Vorgesetzte bestellen; doch,
Willst du, kann er es; welch ein Gott
    Wagt sich dir zu vergleichen?   75

Schließt die Schlösser der Thüre auf;
Komm, o Mägdelein, siehst du, wie
Helle Gluten die Fackeln sprühn?
Hemm' ihr edele Scham den Schritt,
    Und sie weint, da sie gehn muß.   80

Laß das Weinen, es darf ja nicht
Bang dir werden, o Junia,
Daß ein schöneres Weib als du
Sieht entsteigen den hellen Tag
    Aus Ozeanus' Fluten.

So im Garten des reichen Manns,
Der von farbigen Blumen strotzt,
Ragt die Prachthyazinth' hervor.
Doch du säumst; es vergeht die Zeit;
    Komm, o junge Vermälte.

Komm, o junge Vermälte, komm,
Wenn es jetzt dir gefällt, und hör',
Was wir sagen; o sieh, es sprühn
Goldne Gluten die Fackeln dir;
    Komm, o junge Vermälte.

Nie wird wandelnd des Lasters Pfad
Leichten Sinnes dein Ehemann
Einer schändlichen Buhlerin
Sich ergeben und deiner Brust
    Fern zu liegen begehren,

Sondern wie sich um ihren Baum
Fest die haftende Rebe schmiegt,
Wird er dir in die Arme sich
Schmiegen; doch es vergeht die Zeit;
    Komm, o junge Vermälte.

Und noch heißer begehrt er dein,
Wenn er hört, wie von selber du
Deines liebenden Gatten harrst.
Doch du säumst, es vergeht die Zeit:
    Komm, o junge Vermälte.*)   110

O du Lager, das deinem Herrn
Ueber jegliche Wonnen geh',
Welche Freuden gewahrst du dann,
Wenn mit schneeigem Fuß die Braut
    Wird berühren den Bettpfül.**)   115

Welcher seligen Wonne wird
Dein Gebieter in reger Nacht,
Dein Gebieter am hellen Tag
Sich erfreun! doch vergeht die Zeit,
    Komm, o junge Vermälte.   120

Hebt, o Knaben, die Fackeln hoch,
Denn ich sehe den Schleier nahn;
Geht und stimmet die Weise an:

*) Quem tamen magis, audiens
  Ultro te cupidum maritum
  Opperirier, expetet.
  Sed moraris, abit dies,
    Prodeas, nova nupta. (Heyse.)
**) O cubile, quod omnibus
  Praesit deliciis hero,
  Quanta gaudia senties,
  Illa ubi attigerit torum
    Candido pede lecti. (Heyse.)

Hymen, o Hymenäus, Heil,
125   Hymen, dir, Hymenäus.

Schweig' auch länger der Uebermuth
Feszenninischer Scherze nicht,
Und versage der Buhle nun,
Da sein Herr ihm die Lieb' entzog,
130   Nicht den Knaben die Nüsse. *)

Nüsse spende den Knaben nun,
Träger Buhle, mit Nüssen hast
Lang' genug du gespielt, doch jetzt
Willst du dienen dem Ehegott.
135   Gib, o Buhle, die Nüsse.

Zotteln schwärzten, o Buhle, dir
Heut und gestern das Angesicht;
Jetzt schert aber der Kräusler **) dir
Glatt die Wangen; du Aermster, du,
140   Gib, o Buhle, die Nüsse.

*) Der Buhle (concubinus, der Bräutigam Manlius),
der nun nicht mehr der Liebling seines Gebieters ist, weil
er Hochzeit macht und nur für seine Braut schwärmt, soll
den Knaben die Nüsse nicht versagen. Während des Hoch-
zeitschmauses pflegte der Bräutigam unter die auf der Straße
versammelte Jugend Nüsse auszuwerfen. — Feszenninische
Scherze: muthwillige Hochzeitlieder, wie sie in der etrurischen
Stadt Feszennia üblich waren.

**) cinerarius: ein Diener, der seinem Herrn die Haare
kräuselt und die hierzu nöthigen Eisen in glühender Asche
heiß macht, auch dem Herrn den Bart schert.

Balſamduftender Ehgemal,
Ungern, ſagt man, enthältſt du dich
Jungen Volks, doch enthalte dich.
Hymen, o Hymenäus, Heil,
   Hymen, dir, Hymenäus.   145

Zwar nur das, was erlaubt dir war,
Thatſt du, wie uns bekannt, jedoch
Nicht darf ſolches ein Gatte thun.
Hymen, o Hymenäus, Heil,
   Hymen, dir, Hymenäus.   150

Du auch, Bräutchen, verſage nicht,
Was von dir dein Gemal verlangt,
Daß er dies nicht wo anders ſucht.
Hymen, o Hymenäus, Heil,
   Hymen, dir, Hymenäus.   155

Sieh, wie mächtig und reich das Haus
Deines trauten Gemals erprangt;
Endlos wird es das deine ſein —
Hymen, o Hymenäus, Heil,
   Hymen, dir, Hymenäus —   160

Bis im greiſigen Alter einſt
Mit dem zitternden Haupte du
Jedem jegliches Wort benickſt.
Hymen, o Hymenäus, Heil,
   Hymen, dir, Hymenäus.   165

Deine goldenen Füßchen setz'
Glücklich über die Schwelle nun
Und trit ein in die glatte Thür.
Hymen, o Hymenäus, Heil,
170   Hymen, dir, Hymenäus.

Sieh, wie drinnen dein Ehemann
Auf den tyrischen Pfül gelehnt
Dein voll brünstiger Sehnsucht harrt.
Hymen, o Hymenäus, Heil,
175   Hymen, dir, Hymenäus.

Tief durchlodert die Liebesglut
Ihm nicht minder als dir das Herz,
Nein, noch tiefer und inniger.
Hymen, o Hymenäus, Heil,
180   Hymen, dir, Hymenäus.

Laß, Brautführer, des Mägdeleins
Zartgerundeten Arm nun los,
Denn sie schreitet zum Ehebett.
Hymen, o Hymenäus, Heil,
185   Hymen, dir, Hymenäus,

Hochzeitleitende Frauen ihr,
Euern greisen Gemalen werth,
Bringt zu Bette das Mägdelein.
Hymen, o Hymenäus, Heil,
    Hymen, dir, Hymenäus.

Mann, jetzt darfst du dich nahn, dein Weib
Ist in deinem Gemache schon
Und ihr blühendes Antlitz stralt
Gleich der weißen Parthenize
    Und dem röthlichen Mohne.   195

Du, so wahr wie die Götter mir
Helfen mögen, o Gatte, bist
Schön nicht minder und Venus ist
Dir geneigt, doch vergeht die Zeit;
    Fort, nicht länger gezaudert!   200

Und nicht hast du gezaudert lang',
Kommst schon; möge Zythere dir
Hold sein, weil du vor aller Welt
Das nimmst, was du begehrst, und nicht
    Edle Liebe verheimlichst.   205

Eher könnte den Steppensand
Einer zählen in Afrika
Und der schimmernden Sterne Heer,
Wer die tausende zählen will
    Eurer Spiele der Liebe.   210

Spielt denn, wie es beliebt, und bald
Zeugt auch Kinder; es ziemt sich nicht,
Daß solch edles Geschlecht wie dies
Ohne Sprößlinge bleib', es soll
    Fort und fort sich erneuern.   215

4

Streck' ein kleiner Torquatus bald
Von dem Schooße der Mutter her
Nach dem Vater die Händchen aus
Und er lächele hold ihn an
    Halbgeöffneten Mündleins.

Mög' er Manlius' Ebenbild,
Seines Vaters, und jedem leicht
Ungekannt zu erkennen sein,
Sein Gesichtchen die Züchtigkeit
    Seiner Mutter bekunden.

Ruhmvoll weise er seinen Stamm
Durch die treffliche Mutter nach,
Wie dem Telemach einz'ger Ruhm
Ward, dem Sohn der Penelope,
    Durch die treffliche Mutter.

Schließt, ihr Mädchen, die Thüre nun,
Denn wir haben genug gescherzt.
Edle Gatten, gehabt euch wohl,
Uebt in stetigem Liebedienst
    Eure kräftige Jugend.

49. (62.) Hochzeitgesang.

Die Jünglinge.

Hesperus kommt, steht auf, ihr Jünglinge, endlich
erhebt nun
Hesper am hohen Olymp die längst erwartete
Leuchte.
Aufzustehen ist Zeit, zu verlassen die üppigen
Tafeln.
Bald wird kommen die Braut und bald wird schal=
len das Brautlied.
Hymen, o Hymenäus, erschein', Hymenäus, o Hymen. 5

Die Mädchen.

Seht ihr die Jünglinge dort, ihr Mägdlein? Stehet
auch ihr auf.
Ueber den Oeta erhebt sein Licht der Verkünder der
Nacht schon.
Ja, und saht ihr, wie schnell sie aufgesprungen?
Umsonst nicht
Sprangen sie auf; wohl wird besiegungswürdig ihr
Lied sein.
Hymen, o Hymenäus, erschein', Hymenäus, o Hymen. 10

Die Jünglinge.

Nicht so leicht, ihr Genossen, erringen wir heute
die Palme.

Seht, es holen hervor die Mägdlein, was sie ge=
dichtet,
Und nicht dichten sie schlecht, was treffliches mögen
sie haben;
Nicht verwunderlich ist's, da mit ganzer Seele sie
schaffen.
15 Wir hingegen, wir lenken nach anderem Geist und
Ohren:
Deßhalb werden mit Recht wir besiegt; heischt Mühe
der Sieg doch.
Drum nehmt wenigstens jetzt den Geist ein wenig
zusammen.
Gleich nun fangen sie an und gleich muß folgen
die Antwort
Hymen, o Hymenäus, erschein', Hymenäus, o Hymen.

Die Mädchen.

20 Hesperus, welch ein Gestirn, welch grauseres, wan=
delt am Himmel?
Der du das Töchterchen kannst den Armen ent=
reißen der Mutter,
Ja den Armen der Mutter die ringende Tochter
entreißest
Und dem glühenden Jüngling das züchtige Mädchen
dahingibst.
Was thut grauseres wohl der Feind in eroberten
Städten?
25 Hymen, o Hymenäus, erschein', Hymenäus, o Hymen.

Die Jünglinge.

Hesperus, welch ein Gestirn, welch holderes, leuchtet
am Himmel?
Der du den ehlichen Bund mit deinem Feuer be=
kräftigst,
Den die Männer vorher, die Eltern haben beschlossen,
Doch nicht eher geeint, bis du aufglühend hervortratst.
Was wird schönres von Göttern verliehn zur glück= 30
lichen Stunde?
Hymen, o Hymenäus, erschein', Hymenäus, o Hymen.

Die Mädchen.

Hesperus hat uns entrafft, o Genossinnen, eine
Gefährtin.
Während sich ängsten die Dieb' und eifrig jegliche
Thiere
Beute sich suchen und Sol steht mitten am Himmel,
da geben
Schatten die Berg' und es läßt kein Wald umsinken 35
die Kräuter:
Und wir verdanken ein mehreres auch der schwei=
genden Nacht nicht.
Hymen, o Hymenäus, erschein', Hymenäus, o Hymen.*)

---

*) B. 33 — 37:
Dum metuunt fures, dum bellua quaeque rapinam
Sectatur cupide, medium Sol dividit orbem,
Montes dant umbram, nec silvae gramina ponunt,
Nec major tacitae debetur gratia nocti.
Hymen o Hymenaee, Hymen ades o Hymenaee. (Uscnner.)

Die Jünglinge.

Wohl! sobald du erscheinst, da wacht beständig die Nachthut.

Nachts verbergen sich Diebe, doch du, o Hesperus, ziehst sie

40 Unter verändertem Namen *) hervor, so oft du zurück-kehrst.

Aber den Mädchen beliebt's, dich zu schmähn mit erdichteter Klage.

Wie, wenn jenen sie schmähn, den still ihr Herzchen herbeisehnt?

Hymen, o Hymenäus, erschein', Hymenäus, o Hymen.

Die Mädchen.

Wie ein Blümchen erblüht ingeheim im umfrie-deten Garten,

45 Nicht erspäht von dem Vieh, von keinem Pfluge verwundet;

Lüftchen kosen mit ihm, Sol stärkt's und der Regen erzieht es,

Knaben ersehnen es sich in Meng' und Mädchen in Menge;

Wenn es aber, gepflückt vom zarten Finger, ver-welkte,

Sehnt sich weder ein Knabe nach ihm noch irgend ein Mägdlein:

---

*) Frühmorgens als Lucifer.

So, von keinem berührt, ist werth den Ihren die   50
    Jungfrau;
Hat sie den Körper entweiht und der Keuschheit
    Blüte verloren,
Ist sie den Jünglingen nicht mehr lieb, noch theuer
    den Mägdlein.
Hymen, o Hymenäus, erschein', Hymenäus, o Hymen.

Die Jünglinge.

Wie auf kahlem Gefild die einsam wachsende
    Rebe
Nie in die Höhe sich hebt, nie Trauben, erquickliche,   55
    aufzieht,
Sondern das zarte Gerank herniederbeugend vor
    Schwere,
Bald die Wurzel berührt mit der Spitze des äußer=
    sten Schößlings;
Weder vom Ackerer wird, noch vom Pflugstier diese
    geachtet,
Wenn die Rebe jedoch mit dem Ulmbaum wurde
    vergattet,
Achtet der Ackerer sie und gleichermaßen der Pflug=   60
    stier:
So, von keinem berührt, greist unbeachtet die Jung=
    frau;
Ward ihr zeitig jedoch ein angemessener Gatte,
Ist sie theurer dem Mann und den Eltern minder
    beschwerlich.

Du nun meide den Kampf mit solchem Gatten,
o Jungfrau.

65 Unrecht würde der Kampf mit dem sein, welchen
der Vater,

Vater und Mutter dir gaben, und diesen doch mußt
du gehorchen.

Auch den Eltern gehört, nicht dir ausschließlich,
dein Kränzlein,

Deinem Vater ein Drittel, das andere Drittel der
Mutter,

Nur ein Drittel dir selbst; drum kämpf' nicht gegen
die beiden,

70 Die ihr Recht ja zugleich mit der Mitgift gaben
dem Eidam.

Hymen, o Hymenäus, erschein', Hymenäus, o Hymen.

---

50. (64.) Peleus' und Thetis' Hochzeit.

Fichten, vor Zeiten entsproßt auf Pelion's ragendem
Gipfel,

Diese durchschwammen, so heißt's, Poseidon's flüs=
sige Wogen

Gegen die phasische Flut und das Land des König
Aeetes:

Als erlesene Männer, der Kern der argivischen
Jugend,

Die das goldene Vließ aus Kolchis wünschten zu 5
 holen,

Auf dem hurtigen Schiff beherzt durchglitten die
 Salzflut,

Fegend mit tannenen Rudern die bläuliche Fläche
 des Meeres.

Ihnen baute die Göttin, die städtische Burgen
 besetzt hält, *)

Selber das Fahrzeug aus, bei lindem Winde zu
 fliegen,

Mit dem gebogenen Kiel die Fichtenbohlen ver= 10
 bindend.

Dieses beschiffte zuerst die unbefahrene Meerflut.

Als mit dem Schnabel es nun durchschnitt die stür=
 mischen Fluten

Und von den Rudern gepeitscht von Schaum auf=
 brausten die Wogen,

Tauchten die Meernereïden mit ängstlichen, scheuen
 Gesichtern

Aus dem weißlichen Strudel hervor, das Wunder 15
 bestaunend.

Damals haben, wofern dies einmal sollte geschehn
 sein,

Sterbliche Augen entblößt geschaut die Nymphen
 des Meeres,

---

*) Minerva, unter deren Leitung das Argonautenschiff
erbaut wurde.

Wie sie bis an die Brust entragten dem weißen
Gestrudel.

Da entbrannte das Herz des Peleus, heißt es, für
Thetis,

20 Da ward Thetis geneigt, sich dem sterblichen Manne
zu einen,

Da beschloß der Erzeuger, die Thetis zu geben dem
Peleus.

O ihr Heroen, entsproßt in beglückteren Tagen der
Vorwelt,

Heil euch, Göttergeschlecht, ihr Sprößlinge treff=
licher Mütter,

Heil hinwiederum euch, ihr Hochgesegneten, Heil
euch.*)

25 Euch erheb' ich noch oft, ja euch in diesem Gesange,
Dich zumal, der so hoch durch Ehglück wurde be=
seligt,

Dich, Thessaliens Säul', o Peleus, welchem ja selber
Zeus, der Himmlischen Vater, die eigne Geliebte
gewährt hat.

Hielt nicht Thetis dich fest, die reizende Tochter
des Nereus?

30 Gab nicht Tethys dir nach, die Enkeltochter zu
freien,

Und Ozeanus, der mit der Flut umgürtet den Erd=
kreis?

*) — salvete iterum, *salvete beati.* (Uschner.)

Als im Verlaufe der Zeit der Tag, der ersehnte,
gekommen,

Strömt' in Scharen zum Haus das ganze thessa=
lische Volk hin

Und den Königspalast erfüllt' ein frohes Gewimmel.

Gaben bringen sie mit, im Gesicht schon drückt sich 35
die Freud' aus.

Da wird Zieros leer und leer das phthiotische
Tempe,

Krannon's Wohnungen sind, Larissa's Mauern ver=
ödet:

Nach Pharsalia geht's, pharsalische Häuser besucht
man.

Niemand baut das Gefild, es erschlafft den Stieren
der Nacken,

Nicht mit gebogenem Karst wird ausgejätet der 40
Weinberg

Und die Schollen zertheilt kein Stier mit der schnei=
denden Pflugschar

Und es lichtet und kappt kein Winzermesser das
Baumlaub

Und die verlassenen Pflüg' umzieht entstellender
Rost schon.

Aber von funkelndem Gold und Silber stralte des
Peleus

Wohnungsstätte, so weit der Palast, der reiche, sich 45
dehnte.

Elfenbeinene Sessel und blitzende Becher der Tafel!

Und es ergötzt sich das Haus an' den glänzenden
Schätzen des Königs.
Aufgeschlagen jedoch im inneren Raume des Hauses
Steht, aus indischem Zahn, das Hochzeitbette der
Göttin,
50 Welches ein Teppich bedeckt, getüncht mit rosigem
Purpur.
Dieser Teppich, verziert mit Menschengestalten der
Vorwelt,
Zeigt mit seltener Kunst der Heroen erhabene
Thaten.
Denn an Naxos' Gestade, dem wellenerdröhnenden,
spähend
Sieht Ariadne, das Herz erfüllt von rasendem
Ingrimm,
55 Theseus, wie er entweicht auf schnellhingleitendem
Schiffe,
Und was wirklich sie sah, nicht glaubt sie, daß sie
das schaute,
Da die Arme, so eben erwacht aus trüglichem
Schlummer,
Sich verlassen erblickt am menschenleeren Gestade.
Herzlos aber durchrudert das Meer der fliehende
Jüngling,
60 Seine Versprechungen gibt er preis dem brausenden
Sturmwind.
Und von weitem, bedeckt vom Seegras, traurigen
Blickes,

Starrt Ariadne ihm nach wie das Steinbild einer
Bachantin,
Starrt ihm nach, wallt auf in mächtigen Wogen
des Jammers.
Nicht die zierliche Bind' umschließt ihr goldiges
Haupt noch,
Nicht umhüllt das Gewand, das leicht gewebte, die 65
Schultern
Und kein fesselndes Band umschmiegt den schneeigen
Busen.
Dieses alles, es lag, herabgeglitten vom Körper,
Ihr vor den Füßen und ward bespült von den
Wogen des Meeres.
Doch es kümmert sie nicht die Bind' und der wal=
lende Schleier,
Nein, die Verlorene hing mit ganzem Herzen, mit 70
ganzer
Seele, mit ganzem Gemüth an dir nur einzig,
o Theseus.
Sie, die Unselige, hatt' Eryzina*) mit schmerzlichem
Kummer
Heimgesucht, in das Herz ihr Leidsaldornen gesäet
Seit dem Tage, wo er, der muthdurchloderte
Theseus,
Aus dem Piräus entschifft, dem krumm sich biegen= 75
den Hafen,

*) Venus, welcher der Berg Eryx in Sizilien heilig war.

Trat ins gortynische Haus des unbarmherzigen
Königs.

Denn man erzählt, daß einst des Zekrops Veste,
gezwungen

Durch die grausigste Pest, für Androgeos' Tödtung
zu büßen,

Eine erlesene Schar von Knaben und blühenden
Mädchen

80 Hab' alljährlich gesandt zur Speise für Mino=
taurus.*)

Als die geängstete Stadt von diesen Leiden geplagt
ward,

Wünschte den eigenen Leib für Athen, die theuere
Heimstadt,

Theseus lieber zu opfern, der treffliche, ehe nach
Kreta

Würden athenische Bürger geschleppt als lebende
Leichen.

85 So dem hurtigen Schiff und dem Wind vertrauend,
dem milden,

Kam er zum stolzen Palast des übermüthigen
Minos.

---

*) Androgeos, der Sohn des Königs Minos von Kreta,
wurde in Athen ermordet. Deßhalb bekriegte Minos die
Athener und legte den Besiegten einen jährlichen Tribut von
sieben Jünglingen und sieben Jungfrauen zur Aetzung des
im Labyrinth auf Kreta hausenden Ungeheuers Minotaurus
auf, welchen ein Stier mit der Gemalin des Minos, Pasi=
phae, erzeugt hatte.

Als mit verlangendem Blick nun diesen die fürst=
 liche Jungfrau
Sah, die das züchtige Bett, von Wohlgerüchen
 umduftet,
Auferzog in der Mutter umschlingenden zärtlichen
 Armen,
Wie an Eurotas' Gewässer entsprießt die liebliche 90
 Mirte
Oder die Lüfte des Lenzes erziehn vielfarbige
 Blumen:
Wendete jene nicht eher die glühenden Blicke von
 Theseus,
Bis sie die Flamme hinein in den ganzen Körper
 gesogen
Und im innersten Mark entbrannte von heftiger
 Liebe.
Knab', unseliger, du, der unbarmherzig und kläg= 95
 lich
Wuth du erregst und mit Harm die Lust vermischest
 der Menschen,
Und Beherrscherin du von Jdalion's Hainen und
 Golgi,
Ach, in welchem Gewog triebt ihr das glühend=
 entbrannte
Mädchen umher, das so oft erseufzt' um den gol=
 digen Fremdling.
Was für schreckliche Angst ertrug sie im schmach= 100
 tenden Herzen

Und wie häufig erblaßte sie mehr als falbiger Gold=
schein,

Als begierig den Kampf zu bestehn mit dem grau=
sigen Unthier,

Theseus harrte des Siegs, wo nicht, des schreck=
lichen Todes.

Mancherlei werthe, jedoch ihr selbst nutzlose Ge=
schenke

105 Sagte den Göttern sie zu, that schweigenden Mun=
des Gelübde.

Denn wie wüthender Sturm den Eichbaum, welcher
die Aeste

Schüttelt im Taurusgebirg, und die zapfentragende
Fichte

Mit der schwitzenden Rind' im Wirbelgebrause
herumschwenkt

Und dem Boden entrafft; mit der Wurzel heraus=
gerissen

110 Fällt sie weit und zermalmt, wie der Schwung geht,
was ihr begegnet:

So auch streckte der Held das bewältigte grause
Gethüm hin,

Das mit seinem Gehörn umsonst in die nichtige
Luft hieb.

Wohlbehalten, bedeckt mit Ruhm, schritt jener zurück
dann,

Ließ durch den Faden geleiten die leicht sich verir=
renden Tritte,

Daß, indem er entschritt labyrinthisch sich win= 115
   benden Gängen,

Ihn nicht äffe des Bau's unmerklich täuschendes
    Irrsal.

Warum soll ich jedoch, vom Beginn abschweifend
     des Liedes,

Mehr noch erzählen, wie nun die Tochter, sich wen=
    bend vom Antlitz

Ihres Vaters, verlassend der Schwester Umarmung,
   der Mutter,

Die in rasender Lieb' an der Tochter, der armen, 120
   sich letzte —

Alles dieses geopfert der wonnigen Liebe zu Theseus?

Wie mit dem Schiff sie gelandet am schäumenden
   Ufer von Dia,

Wie sodann, da der Schlaf die Augen ihr hatte
   gefesselt,

Ihr Gemal sie verließ und unbarmherzig ent=
   schiffte?

Oftmals, heißt es, ergoß sie in Wuth mit glühen= 125
   dem Herzen

Aus der innersten Brust die hellertönenden Klagen,

Harmvoll klomm sie sodann empor auf steile Ge=
   birge,

Um zu wenden den Blick nach dem weiten Gewoge
   des Meeres;

Bald auch lief sie hinein in die plätschernden Wellen
   der Salzflut,

180 Ziehend das weiche Gewand hinweg von der schim=
mernden Wade,

Und ergoß sich zuletzt in folgende schmerzliche
Klagen,

Während Geschluchze dem Mund, dem thränen=
feuchten, enttönte:

So entführtest du mich den Heimatfluren, du
Falscher,

Falscher, und ließeft mich hier am verlassenen Ufer,
o Theseus?

185 Und so gehst du hinweg, die göttlichen Mächte ver=
achtend,

Undankbarer, und bringst nach Haus die Flüche des
Meineids?

War durch nichts der Entschluß des unbarmherzigen
Sinnes

Umzulenken, beschlich kein Mitleid irgend das Herz
dir,

Daß dein hartes Gemüth sich mein ein wenig er=
barmt hätt'?

140 Dieses war es doch nicht, was einst mit schmei=
chelnden Worten

Du mir versprachst, und du ließeft doch dies nicht
fürchten mich Arme,

Sondern beglückende Eh' und Hymens Freuden
mich hoffen,

Was nun alles als nichtig zerstreun die Lüfte des
Himmels.

Nun mag nimmer ein Weib dem Schwur noch glau-
ben des Mannes,
Keine verhoffen, es sei der Männer Worten zu 145
trauen,
Die, wenn ihrer Begier noch irgend etwas er-
strebbar,
Keinerlei Eidschwur scheun und keine Versprechungen
sparen;
Aber sobald das Gelüst des gierigen Herzens ge-
stillt ist,
Achten sie nimmer ihr Wort, noch kümmert sie ir-
gend ein Meineid.
Hab' ich doch, da du schwebtest im grausigen Wirbel 150
des Todes,
Dich gerettet und lieber den Bruder verloren, als
daß ich
Dich, du Falscher, im Stich in deiner äußersten
Noth ließ.
Dafür werd' ich dem Wild und den Vögeln ge-
geben zur Beute,
Mich zu zerfleischen, und nicht wird Erde bedecken
mich Todte.
Welch ein weiblicher Löwe gebar dich in einsamer 155
Felskluft?
Welches Gestrudel empfing dich, entspie dich schäu-
menden Wogen,
Welche der Syrten vielleicht, welch grausige Szylla,
Charybdis,

Dich, der so mir vergilt die Rettung des wonnigen
Lebens?

Lag es am Herzen dir nicht, mich heimzuführen als
Gattin,

160 Weil das strenge Verbot des Vaters, des alten, dich
schreckte,

Nun, so konntest du doch mich mit in euere Woh=
nung

Nehmen, ich diente dir dann als Sklavin mit freu=
diger Arbeit,

Hätt' in blinkender Flut dir gebadet die schimmern=
den Füße

Oder dein Lager bedeckt mit purpurfarbenem Teppich.

165 Warum klag' ich jedoch, ich Leidbetäubte, vergeblich
Dies unwissenden Lüften, die, bar jedweder Empfin=
dung,

Weder ein Wort zu verstehn noch wiederzugeben
vermögen?

Er führt aber bereits dahin auf offener Meer=
flut

Und kein Sterblicher zeigt sich dem Blick in dem
wüsten Geröhrich.

170 So mißgönnt das Geschick, zu übermüthig und
grausam,

Meinen Klagen sogar ein Gehör in dem äußersten
Drangsal,

O allmächtiger Zeus, wenn nie doch hätte, das
wünscht' ich,

Ein zetropisches Schiff an der gnosischen Küste ge=
                        landet!
Hätte dem wüthenden Stier den Blutzoll bringend
                        der falsche
Schiffer doch nimmer die Taue gelöst, nach Kreta 175
                zu fahren!
Hätte der schändliche Fremdling, in reizender Hülle
                die grausen
Pläne verbergend, doch nie in unserem Hause ge=
                schlummert!
Denn wo soll ich nun hin, was bleibt mir Ver=
                lorner zu hoffen?
Soll ich erklimmen das Idagebirg? Ach, breiten
                        Gestrudels
Trennt mich von diesem des Meers entsetzenerregende 180
                Wüste.
Hoff' ich auf Hilfe vielleicht des Vaters, den ich im
                Stich ließ,
Folgend dem Jünglinge, der mit des Bruders Blute
                befleckt war?
Soll ich mich trösten vielleicht mit der treuen Liebe
                des Gatten,
Der nun flieht und ins Meer die Ruder, die starren,
                hineinstößt?
Oed' ist die Insel, es beut kein Obdach dieses Ge= 185
                stade;
Wogen umschließen mich rings und nirgend zeigt
                sich ein Ausweg,

Keinerlei Mittel zur Flucht, kein Hoffnungschimmer, verödet
Ist hier alles und stumm und alles deutet den Tod an.
Doch nicht sollen mir eher im Tod erlöschen die Augen
190 Und dem ermatteten Leib nicht eher entschwinden die Sinne,
Bis ich Verrathene mir von den Göttern gerechte Vergeltung
Hab' erfleht und im Tode der Himmlischen Treue berufen.
Darum ihr, die durch Strafen ihr rächt die Thaten der Menschen,
Eumeniden, die ihr auf den schlangenumkräuselten Stirnen
195 Jenen entsetzlichen Grimm, den die Brust ausathmet, zur Schau tragt,
Eilt, o eilet hieher und vernehmt die schmerzliche Klage,
Die dem innersten Mark, o weh mir Armer! entpreßt wird,
Hilflos, glüh, wie ich bin, verblendet von rasendem Wahnsinn.
Weil mit wahrem Gefühl in der Brust aufquellen die Klagen,
200 O so duldet es nicht, daß fruchtlos bleibe mein Jammern,

Sondern der nämliche Sinn, ihr Göttinnen, welcher den Theseus
Mich zu verlassen bewog, mag ihn und die Seinen verderben.
Als sie dieses Geklag' aus traurigem Herzen ergossen,
Angstbeklommen um Strafe gefleht für die grausige Unthat,
Winkte mit mächtigem Wink ihr zu der Beherrscher 205 der Götter,
Und es erbebte davon die Erd' und die schaurige Meerflut,
Und es wurden erschüttert die funkelnden Sterne des Weltalls.
Theseus aber, im Geist umwölkt von nächtigem Dunkel,
Ließ in Vergessenheit nun die Weisungen alle des Vaters,
Die er früher so treulich bewahrt, dem Herzen ent= 210 gleiten,
Gab dem Bekümmerten nicht das Freudenzeichen, zum Merkmal,
Daß der erechtischen Bucht er wohlbehalten sich nahe.
Aegeus nämlich, als einst er den Winden vertraute den Sprößling,
Der mit dem Schiffe verließ Athene's Mauern, erzählt man,

215 Gab, indem er den Jüngling umfchlang, ihm fol=
gende Weifung:

Sohn, mein einziger Sohn, mir theurer als
langes Leben,

Den ich genöthiget bin zu entlaffen in fchlimme
Gefahren,

Mir erft wiedergefchenkt an der äußerften Grenze
des Alters,

Da dein braufender Muth und mein heillofes Ver=
hängniß

220 Dich mit Gewalt mir entreißt, noch eh die ermat=
teten Augen

Sich an der theuern Geftalt des Sprößlings haben
gefättigt,

Laff' ich heiteren Sinns und froh dich ziehen mit
nichten,

Und ich erlaub' auch nicht, daß glückliche Zeichen
du führeft,

Sondern ich werde zuerft viel Klagen entfchütten
dem Herzen

225 Und mein grauendes Haar mit Staub beflecken und
Erde,

Dann an den fchwankenden Maft ein Trauerfegel
dir heften,

Wie das Linnen, gefchwärzt mit dunkeln iberifchen
Rofte,

Meiner Trauer geziemt und der Glut, die mir lodert
im Herzen.

Wenn die Herrin jedoch von Itonus *), der heiligen
Veste,

Sie, die unserm Geschlecht und Erechtheus' Sitzen 230
ein Hort ist,

Dir gewährt mit dem Blute des Stiers dir zu
netzen die Rechte,

Dann sei ja mir bedacht, daß fest in deinem Ge=
dächtniß

Folgende Weisung dir bleib' und die Zeit sie nim=
mer verwische:

Wenn dein Auge gewahrt die heimischen Hügel, so
soll man

Stracks von sämmtlichen Raa'n die Trauerbehänge 235
hinwegthun

Und an den Tauen des Schiffs nur weißliche Segel
erheben,

Daß alsbald ich es schau' und freudigen Herzens
erkenne,

Wenn dich die Gunst des Geschicks zum Heimat=
lande zurückführt.

Diese Gebote, die sonst so treulich immer von
Theseus

Wurden im Herzen bewahrt, entschwanden ihm, ähn= 240
lich den Wolken,

Welche verscheucht ein Orkan vom schneeigen Gipfel
des Berges.

---

*) Itonus, Stadt in Thessalien mit einem berühmten
Athenetempel.

Als von den Zinnen der Burg in die Fern nun
    schauend der Vater,
Trübend den ängstlichen Blick durch immerwährende
    Thränen —
Als er wurde gewahr das unheilkündende Segel,
245 Sieh, da stürzt' er sogleich sich hinab von der Spitze
    des Felsens,
Wähnend, es sei ihm der Sohn entrafft durch grau=
    ses Verhängniß.
So betretend das Haus, das traurige, welches des
    Vaters
Tod beklagte, erfuhr Held Theseus eben das Leidsal,
Das er der Tochter des Minos gebracht mit sträf=
    lichem Leichtsinn.
250 Sie, mit traurigen Blicken, verfolgend das fliehende
    Fahrzeug,
Wälzt' im wunden Gemüth umher vielfältiges Herz=
    weh.
Doch von der anderen Seit' entflog der blühende
    Bachus
Mit der Satyre Schwarm und den nysagebornen
    Silenen,
Forscht', Ariadne, nach dir und für dich erglühend
    in Liebe,
255 Einte der Gott sich mit dir und feierte fröhliche
    Hochzeit. *)

*) *Se cum te junxit laetosque iniit hymenaeos.*
          (Uschner.)

Diese nun rasten umher begeisterten Sinnes und
munter,

„Evoe!“ jauchzend im Tanz und „Evoe!“ schüttelnd
die Häupter.

Thyrsen wurden geschwenkt mit laubumwundenen
Spitzen,

Andere schleuderten Glieder umher von zerrissenen
Stieren,

Andere legten als Gürtel sich um geringelte Schlan- 260
gen,

Andre begingen mit Laden der Orgien dunkele
Feier,

Die zu erlauschen umsonst die Ungeweihten sich ab-
mühn.

Pauken schlugen sie auch mit hocherhobenen Händen,

Oder entlockten dem Erz, dem gerundeten, feines
Geklingel.

Rauhen Gesumms und Gebrumms entluden sich 265
vielen die Hörner

Und ein Schaudergeschrill stieß aus die barbarische
Pfeife.

Solche Gebilde verzierten den herrlicherpran-
genden Teppich,

Welcher das bräutliche Bett, darüber gebreitet, ver-
hüllte.

Als die thessalische Jugend an diesen Gebilden die
Schaulust

270 Hatte befriedigt, da trat sie zurück vor den heiligen
Göttern.

Jetzt, wie Zephirus' Hauch der ruhigen Fläche des
Meeres

Schauer erregt in der Früh'; daß sanft sich kräu=
seln die Wellen,

Wenn an des schweifenden Helios Thor sich Eos
emporhebt;

Langsam wandeln sie erst, von sanftem Hauche ge=
trieben,

275 Und ein Geplätscher ertönt von den leisanschla=
genden Lüften;

Wenn der Wind sich verstärkt, so schwellen sie höher
und höher,

Gleiten dahin in die Fern, von Purpurschimmer
erglänzend:

So auch wandelte jetzt, verlassend den fürstlichen
Vorhof

Jeder mit schweifendem Fuß verschiedenen Weges
nach Hause.

280 Als sie gegangen, da kam von Pelion's ragendem
Gipfel

Chiron von allen zuerst mit waldentsproſſ'nen Ge=
schenken:

Denn so viele der Blumen die Au'n, so viele die
Berghöhn

In Theſſalien zeugen, so viel an den Ufern der
Flüſſe

Zeugt der befruchtende Hauch des lauanſäuſelnden
        Weſtwinds,
Die trug jener herbei, geflochten in farbige Kränze 285
Und es wurde das Haus entzückt durch den lieb=
        lichen Wohlduft.
Auch Peneos erſchien; das grünerprangende Tempe,
Tempe, welches umkränzt darüber ragende Waldung,
Ließ er den Nymphen zur Feier von doriſchen feſt=
        lichen Tänzen.*)
Leer nicht kam er, er trug mit den Wurzeln ent= 290
        rodete Buchen
Mächtigen Wuchſes und ſchlank emporgeſchoſſene
        Lorbeern
Und Platanen mit nickendem Haupt und des flammen=
        verzehrten
Phaethon biegſame Schweſtern,**) von Lüften um=
        wehte Zypreſſen.
Die nun ſtellt' er umher, in Reih'n geordnet, im
        Hauſe,
Daß rings grüne der Hof, umhüllt von dem zarten 295
        Gelaube.
Dieſen folgte ſodann der erfindungsreiche Prome=
        theus,
Leiſe noch tragend an ſich die Spuren der früheren
        Strafe,

---

*) Naiasin linquens doris celebranda choreis.

**) Pappeln, in welche die Schweſtern des Phaethon
verwandelt worden waren.

Die er vor Zeiten verbüßt, da angekettet er schwebte
Hoch am szythischen Fels mit festgeschmiedeten Glie=
dern.
300 Auch der Vater der Götter erschien mit der hehren
Gemalin
Und den Kindern und ließ nur dich, o Phöbus, im
Himmel
Mit der Schwester zugleich, die Jdrus'*) Höhen
beschirmet:
Denn die Schwester und du, ihr verachtetet beide
den Peleus
Und nicht hattet ihr Lust, die Vermälung zu feiern
der Thetis.
305 Als nun diese sich hatten gesetzt auf schimmernde
Sessel,
Wurden die Tafeln beschickt mit mannigfaltigen
Speisen,
Während, die Glieder des Körpers in schwachen
Bewegungen schüttelnd,
Ein wahrsagendes Lied die Parzen begannen zu
singen.
Ein weißschimmerndes Kleid umschloß den zittern=
den Körper
310 Und die Knöchel umlief ein purpurfarbener Streifen,
Schneeige Binden umgaben die alterbelasteten Schei=
teln **)

*) Jdrus, Berg in Karien.
**) Annoso niveae residebant vertice vittae.

Und die Hände verrichteten flink ihr beständiges
Tagwerk.
Während die Linke den Rocken, den wollebewickelten,
festhielt,
Zupfte die Rechte die Wolle herab und formte den
Faden
Mit den Spitzen der Finger und dreht' im rund= 315
lichen Kreise
Mit dem gebogenen Daumen herum die schwirrende
Spindel
Und es brachte der Zahn das Gespinnst fortwährend
ins Gleiche.
Jegliches Wollegeflock hing fest an den trockenen
Lippen,
Was an dem Faden zuvor, dem glattgedrehten,
herausstand;
Vor den Füßen jedoch bewahrten geflochtene Körb= 320
chen
Ihnen das weiche Geflock der weißerprangenden
Wolle.
Sie nun, während sie spannen, erhoben mit tönen=
der Stimme
Folgenden göttlichen Sang geschickweissagenden In=
halts,
Einen Gesang, den nie des Trugs wird zeihen die
Nachwelt.
Du, deß glänzenden Ruhm erhabene Tugenden 325
steigern,

Hort der emathischen Macht, durch den Sohn einst
herrlich vor allen,
Höre du nun, was die Schwestern am festlichen
Tage dir künden
Als wahrredenden Spruch, doch ihr, gerührige Spin=
deln,
Lauft, ihr Spindeln, o lauft und spinnt die Fäden
des Schicksals.

330 Bald wird Hesperus nahn, der das, was den
Männern erwünscht ist,
Dir wird bringen, es kommt mit dem glücklichen
Sterne die Gattin,
Die dich möge beströmen mit herzenbezaubernder
Liebe
Und sich verstricken mit dir in süßen, betäubenden
Schlummer,
Um den kräftigen Hals dir geschmiegt die gerun=
deten Arme.

335 Lauft, ihr Spindeln, o lauft und spinnt die Fäden
des Schicksals.
Nie hat irgend ein Haus so selige Liebe ge=
borgen,
Nie hat Liebende Liebe zu solcherlei Bunde ver=
einigt,
Wie mit Thetis vereint den Peleus herzliche Ein=
tracht.
Lauft, ihr Spindeln, o lauft und spinnt die Fäden
des Schicksals.

Euerem Bunde entsprießt der unerschrockne 340
Achilleus,
Nicht vom Rücken den Feinden bekannt, mit der
tapferen Brust nur,
Der als Sieger sich oft im Wettlaufspiele bewäh=
rend,
Selbst den feurigen Läufen der Hindin, der raschen,
zuvorkommt.
Lauft, ihr Spindeln, o lauft und spinnt die Fäden
des Schicksals.
Nie wird irgend ein Held sich ihm gleichstellen 345
im Schlachtkampf,
Wenn vom teukrischen Blut die phrygischen Ebenen
strömen
Und die troische Stadt, in langem Kriege belagert,
Endlich der Enkel zerstört des eidesbrüchigen Pelops.
Lauft, ihr Spindeln, o lauft und spinnt die Fäden
des Schicksals.
Seinen trefflichen Muth und die hochgepriesenen 350
Thaten
Werden die Mütter gestehn gar oft bei der Söhne
Bestattung,
Wenn sie mit Asche bestreun das greise, verwor=
rene Haupthaar
Und die verfallene Brust mit entkräfteten Händen
sich schlagen.
Lauft, ihr Spindeln, o lauft und spinnt die Fäden
des Schicksals.

6

355 Denn wie köpfend die Saat der dichten Aehren der Landmann

Bei den Gluten der Sonne die Felder, die gelb=
lichen, abmäht,

So mit feindlichem Schwert wird er hinstrecken die
Troer.

Lauft, ihr Spindeln, o lauft und spinnt die Fäden
des Schicksals.

Und die skamandrische Flut wird Zeuge des tapfe=
ren Muths sein,

360 Die verzweigt sich ergießt in den reißenden Hel=
lespontos.

Er wird einst ihr den Strom durch Haufen verengen
Erschlagner

Und indem er mit Blut sie mischt, lau machen die
Wogen.

Lauft, ihr Spindeln, o lauft und spinnt die Fäden
des Schicksals.

Zeugen wird ihm zuletzt die dem Todten ge=
widmete Beute,

365 Wenn, aus Erde gehäuft, sein hochaufragendes
Grabmal

Einst die schneeigen Glieder empfängt der gemor=
deten Jungfrau.

Lauft, ihr Spindeln, o lauft und spinnt die Fäden
des Schicksals.

Denn sobald das Geschick den ermatteten Grie=
chen bewilligt,

Jener dardanischen Stadt neptunische Bande*) zu
    sprengen,
Wird der Polyrena Blut ihm netzen das ragende 370
    Grabmal,
Die wie ein Thier am Altar, das erliegt zwei=
    schneidigem Beile,
Mit gebrochenem Knie und verstümmeltem Körper
    dahinsinkt.
Lauft, ihr Spindeln, o lauft und spinnt die Fäden
    des Schicksals.
Auf denn, auf, zu der Lieb' ersehntem Genusse
    vereint euch.
Nehme dahin der Gemal zum glücklichen Bunde 375
    die Göttin,
Gebe man endlich die Braut dem sehnsuchtglühenden
    Gatten.
Lauft, ihr Spindeln, o lauft und spinnt die Fäden
    des Schicksals.
Und wenn morgen die Amme besucht den theue=
    ren Pflegling,
Wird sie den Hals ihm nicht mit dem gestrigen
    Schnürchen umschlingen.**)
Lauft, ihr Spindeln, o lauft und spinnt die Fäden 380
    des Schicksals.

---

*) Die Mauern von Troja, die von Neptun und Apollo
erbaut worden waren.
**) Weil dies nur ein Jungfrauenschmuck war.

Noch wird fürchten die Mutter, ihr Töchterchen
werde allein ruhn,
Mit dem Gatten entzweit, daß Enkel ihr nimmer
zu hoffen.
Lauft, ihr Spindeln, o lauft und spinnt die Fäden
des Schicksals.
Einen solchen Gesang, um Glück zu verkünden
dem Peleus,
Sangen begeisterungsvoll die Parzen in heiliger
Vorzeit.
Denn es pflegten vordem in die züchtigen Häuser
der Helden
Himmelsbewohner zu treten, sich menschlichen Krei=
sen zu zeigen
Leibhaft, als man noch nicht sich frommer Gesin=
nung entschlagen.
Oft, wenn Jupiter war im funkelnden Tempel er=
schienen,
Als die festliche Zeit der Jahresopfer gekommen,
Sah er sinken zur Erd' einhundert geschlachtete
Stiere.
Oft trieb Liber, der Schwärmer, die jauchzenden
wilden Thyaden*).
Flatternden Haares herab von Parnassus' oberstem
Gipfel,
Wenn die Bewohner von Delphi, der Stadt ent=
stürzend im Wettstreit,

*) Bachantinnen.

Froh empfingen den Gott an rauchumwallten Al= 395
tären.

Oft ermunterte Mars im lebenvertilgenden Schlacht=
kampf

Oder Nemesis oder die Herrin des reißenden Tri=
ton *)

In leibhafter Gestalt bewaffnete Scharen der Män=
ner.

Als die Erde jedoch von Freveltaten befleckt ward,

Aus dem begehrlichen Herzen ein jeglicher bannte 400
den Rechtssinn,

Als den Brüdern das Blut der Brüder benetzte
die Hände

Und nicht ferner den Sohn der Eltern Verscheiden
betrübte

Und der Vater den Tod dem Sohne, dem blühenden,
wünschte,

Um nach Lust zu genießen des Sohns jungfräu=
liches Bräutchen,

Als zu dem eigenen Sohn, dem ahnungslosen, die 405
Mutter

Frech sich bettete, schändend die göttlichen Hüter
der Ehe,

Hat uns Menschen des Rechts und Unrechts tolles
Gewirre

---

*) Fluß in Böozien, in dessen Nähe Minerva geboren
oder auch blos verehrt wurde.

Abgewendet das Herz der rechtbeschirmenden Götter.
Darum treten sie nicht mehr ein in die Kreise der
Menschen
410 Und sie lassen sich nicht mehr schaun in leuchtender
Klarheit.

---

51. (65.) An Ortalus.

Wenn, o Ortalus, auch beständige schmerzliche
Trauer
Mich verzehrt und den neun sinnigen Schwestern
entzieht
Und mein Geist nicht vermag erquickliche Früchte
der Musen
Darzulegen — so sehr wogt er im Leiden-
gewog:
5 Denn vor kurzem bespülte dem theuern erblichenen
Bruder
Lethe's rinnende Flut trüben Gestrudels den
Fuß,
Und nun liegt er, bedeckt von troischer Erde, den
Augen
Seines Bruders entrückt, fern am rhöteïschen
Strand.
Du hast, du, da du starbst, mein Glück mir schmäh-
lich zertrümmert;

Unſer geſammtes Geſchlecht wurde begraben mit 10
dir

Und es ſtarben mit dir mir dahin alljegliche Freu=
den,

Die dein liebendes Herz mir, da du lebteſt,
erzog.

Weh, das freundliche Licht iſt dem Bruder, dem
armen, entriſſen,

Niemals werd' ich zu dir, Bruder, mir Armen
entrafft, *)

Reden und höre dich nie von deinen Thaten er= 15
zählen,

Niemals werde ich dich, mehr als das Leben
mir lieb,

Wiederſehen, doch werd' ich beſtändig dich wenig=
ſtens lieben,

Trauerlieder auch ſtets dir, dem Geſtorbenen,
weihn,

Wie Aëdon, bedeckt vom dichten Gelaube der
Zweige,

---

*) V. 9—14:
> *Tu mea tu moriens fregisti commoda, frater,*
> *Tecum una tota est nostra sepulta domus,*
> *Omnia tecum una perierunt gaudia nostra,*
> *Quae tuus in vita dulcis alebat amor.*
> *Hei misero fratri jucundum lumen ademtum,*
> *Nunquam ego te, misero frater ademte mihi,*
>
> (LACHMANN.)

20 Ihres getödteten Sohns Itylus Scheiden be=
klagt.*)

Dennoch, o Ortalus, send' ich in meiner so tiefen
Betrübniß

Dir dies Lied, das ich jüngst mir von dem Bat=
tier lieh,**)

Daß nicht etwa du wähnst, dein Wort sei, schwei=
fenden. Winden

Eitler Weise vertraut, meinem Gedächtniß ent=
schlüpft,

25 Wie ein Apfel entfällt dem züchtigen Schooße des
Mägdleins,

Als verstolnes Geschenk ihr vom Verlobten ge=
sandt;

Daß sie ihn unter dem Kleide verbarg, vergaß sie;
die Mutter

Kommt, sie springt von dem Sitz auf und nun
schlüpft er hervor

Und er rollt auf den Boden hinab beflügelten Laufes:

30 Jach ins betrübte Gesicht schießt ihr die Röthe
der Schuld.

---

*) Aëdon, die Gemalin des Polytechnos, hatte aus Ver=
sehn ihren Sohn Itylus getödtet und wurde hiernächst von
Zeus in eine Nachtigall (ἀηδών) verwandelt.

**) Das folgende Gedicht „Berenize's Gelock", welches
Katull dem griechischen Dichter Kallimachus, einem angeb=
lichen Abkömmling des Battus, des Gründers von Zyrene
in Afrika, nachgebildet hat. Vergl. das 7. Gedicht B. 3 — 6.

52. (66.) Berenize's Gelock. *)

Der die Lichter der Welt, die unzähligen alle, er-
forschte,

Eines jeden Gestirns Steigen und Sinken erfuhr,

Wie sich der feurige Glanz der hurtigen Sonne
verdunkelt,

Wie zu gemessener Zeit manche Gestirne vergehn,

Wie an den latmischen Feld die Luna verstolene 5
Liebe

Bannt und die Göttin entlockt ihrer ätherischen
Bahn,

Konon, der nämliche, sah mich funkeln in himm-
lischem Glanze,

Mich, Berenize's Haupt früher umwallendes
Haar,

Welches jene, erhebend die reizend gestalteten Arme,

Als ein Weihegeschenk vielen der Götter verhieß, 10

---

*) Berenize, die Schwester und Gemalin des ägyptischen
Königs Ptolemäus Euergetes, brachte ihr schönes Haupthaar, nach andern eine der schönsten Locken ihres Haars,
der Aphrodite Zephyritis dar als gelobtes Weihgeschenk für
die Siege ihres Gemals in Asien. Als das Haar oder die
Locke am anderen Tage aus dem Tempel der Göttin ver-
schwunden war, erklärte der Sternseher Konon von Samos,
dasselbe sei von den Göttern als Sternbild an den Himmel
versetzt worden. Hiernach erhielt eine Sterngruppe in der
Nähe des Löwen den Namen „Berenize's Haar."

Als der König, beglückt durch die eben gefeierte
Hochzeit,

In das assyrische Land zog zu verheerendem
Krieg,

Noch mit wonnigen Spuren gezeichnet des nächt=
lichen Kampfes,

Den um den Jungfraunkranz siegend er hatte
geführt.

15 Ist denn Venus den Bräuten verhaßt, wird wirk=
lich der Eltern

Selige Lust durch die Flut fälschlicher Thränen
zerstört,

Die sie im Strom an der Schwelle des Ehegemaches
vergießen?

Nein, bei der Himmlischen Huld, nicht ist das
Wimmern ihr Ernst.

Meine Gebieterin lehrte mich dies durch unzählige
Klagen,

20 Als ihr junger Gemal eilt' in den grausigen
Krieg.

Oder klagtest du nicht um des Ehbetts herbe Ver=
waisung,

Sondern jammertest nur, weil dich der Bruder
verließ?

Wie verzehrte der Harm tiefinnen das traurige
Herz dir!

Wie ward da dir geraubt deine Besinnung, wie
schwand

Dir, der innig Betrübten, der Geist! Und den 25
    muthigen Sinn doch
Kannt' ich, welchen du schon hattest bewiesen als
    Kind.
Haft du vergessen die That, die zur Königsgemalin
    dich machte?
Eine beherztere hat nimmer ein andrer ge=
    wagt.*)
Als du traurig jedoch den Gemal entließest, was
    sprachst du,
Und, o Himmel, wie oft riebst du die Augen 30
    dir wund!
Welcher gewaltige Gott verwandelte deine Gesin=
    nung?
Fällt es den Liebenden schwer, fern vom Ge=
    liebten zu sein?
Da gelobtest du mich den Göttern allen, ge=
    lobtest
Blut der Stiere zugleich für den geliebten
    Gemal,
Wenn er kehrte zurück. In kurzem hatte er sieg= 35
    reich
Zu dem ägyptischen Reich Asiens Länder ge=
    fügt.

---

*) Als Ptolemäus Philadelphos, der Vater der Berenize,
eine große Schlacht verloren hatte, schwang Berenize sich auf
ein Roß, ordnete die zerstreuten Scharen und schlug den
Feind. Hierdurch gewann sie das Herz ihres Bruders Ptolemäus Energetes, daß dieser sich mit ihr vermälte.

Und für diesen Erfolg gesellt dem Kreise der
Götter
Lös' ich durch solchen Beruf das, was du früher
gelobt.

Ungern schied ich jedoch von deinem Scheitel, o
Fürstin,

40 Dieses schwör' ich bei dir und der Gebieterin
Haupt —

Und wer fälschlichen Schwur bei diesem leistet, der
büß' es! —

Wer kann aber den Kampf gegen das Eisen.*)
bestehn?

Stürzte doch jenes Gebirg auch um, das größte der
Erde,

Welches der stralende Sohn Thia's **) im Fah=
ren berührt,

45 Als die Meder ein Meer, ein neues, schufen und
fremde

Krieger zogen zu Schiff über den Athos da=
hin. ***)

Was vermag ein Gelock, wenn Berge bewältigt
das Eisen?

---

*) Gegen eiserne Werkzeuge, hier die Schere, mit welcher
Berenize sich ihr Haar abschnitt. S. V. 47.

**) Helios, Sohn der Thia (Theia).

***) Xerxes ließ auf seinem Zuge gegen Griechenland
den Berg Athos auf der mazedonischen Halbinsel Alte durch=
stechen.

Jupiter, gehe zu Grund sämmtliches Chalyber-
volk*)
Und wer unter der Erde zuerst Erzadern erspäht
hat
Und das harte Metall schmeidig zu machen ver- 50
sucht.
Meine Geschwister, die Locken, bejammerten eben
zuvor noch
Mein, der Entschnittenen, Loos, als durch die
Lüfte daher
Rauschenden Fluges der Bruder des Memnon, des
Aethiopen,
Dein geflügeltes Roß, Lokris' Arsinoe, kam.**)
Dieser hob mich empor, durchflog den nächtlichen 55
Aether,
Legte der Venus sodann mich in den heiligen
Schooß.
Dorthin hatte sie selbst, Zephyritis, gesendet den
Diener,
Sie, die Griechin, die dann wohnt' am Kanoper-
gestad.***)

*) Die Chalyber, ein Volk am schwarzen Meere, als
Eisenarbeiter berühmt.

**) Der Bruder des Aethiopenkönigs Memnon ist Ze-
phyros, beide Söhne der Eos. Die lokrische Arsinoe, die
Mutter der Berenize und des Ptolemäus Euergetes, wurde
nach ihrem Tode als Aphrodite Zephyritis verehrt. S. S. 89
Anmerkung.

***) Von Geburt Griechin, aus Lokris, wohnte Arsinoe

Daß im bunten Gemisch der Lichter des ragenden
Himmels

60 Nicht die Krone allein, die Ariadnen das
Haupt

Einst umgeben, erprang',*) daß wir auch dorten
erglänzten,

Deines goldigen Hauptes Göttern verheißener
Schmuck,

Stellte mich feucht von dem Meer, wie ich kam zu
dem Tempel der Götter,

Venus als neues Gestirn neben die älteren hin.

65 Streifend des grimmigen Löwen Gebild und jenes
der Jungfrau

Und mit Kallisto vereint, welche Lykaon gezeugt,

Neig' ich nach Westen mich hin, der Führer des
trägen Bootes,

Welcher mit Müh erst spät in den Ozeanus
taucht.

Aber obgleich mich des Nachts die Tritte berühren
der Götter

als Gemalin des ägyptischen Königs Ptolemäus Philadelphos
am Kanopergestade. Kanopus, das heutige Abukir.

*) Bachus, welcher sich mit der von Theseus auf Naxos
verlassenen Ariadne vermälte, erhob sie nach ihrem Tode zu
den Göttern und versetzte die Krone, welche er ihr bei der
Vermälung gegeben hatte, unter die Sterne als das Sternbild „Krone" (Corona), in der Nähe der „Jungfrau", des
„Löwen" und des „großen Bären", als welchen Jupiter die
von Juno in eine Bärin verwandelte Kallisto, die Tochter
des arkadischen Königs Lykaon, unter die Sterne versetzt hatte.

Und der Tag mich zurück Tethys, der greisigen, 70
gibt —
Sei es mit deiner Vergunst gesagt, rhamnusische
Jungfrau, *)
Denn nie hindre mich Furcht, das zu verschwei=
gen, was wahr;
Wenn die Gestirne mich auch mit feindlichen Wor=
ten zerpflücken,
Sag' ich die Wahrheit doch, die sich im Herzen
mir birgt —
Nicht freut jenes mich so, als Schmerz mir die stete 75
Entfernung,
Ach, die Entfernung vom Haupt meiner Gebie=
terin weckt,
Wo ich, als sie noch Mädchen und nie von einem
berührt war,
Fläschchen syrischen Oels tausend und tausende
trank. **)
Ihr nun, welche nach Wunsch die Fackel verbunden,
ihr Bräute,
Gebt nicht eher den Leib hin dem geliebten 80
Gemal,
Zieht nicht eher die Hülle hinweg von dem schwel=
lenden Busen,

*) Nemesis, die in Rhamnus in Attika verehrt wurde.
**) Quicum ego, dum virgo quondam fuit omnibus
expers,
Unguenti Syrü millia multa bibi.

Bis mir der Onyx*) hat freundliche Spenden
gereicht,
Spenden von euch, die ihr strebt, euch keusch zu ge=
sellen dem Gatten;
Wenn sich eine jedoch schändlichem Buhlen ergab,
85 Zehre die Gabe von der, die verächtliche, fliegender
Staub auf,
Denn von verworfenen Frau'n heisch' ich Be=
lohnungen nicht.
So, ihr Gattinnen, mög' um so mehr stets herz=
liche Eintracht,
Innige Lieb' allstets wohnen in euerem Haus.
Aber, o Königin, du, wenn aufwärts schauend zum
Himmel,
90 Du zur festlichen Zeit Venus, die göttliche, ehrst,
Laß die Deinige, laß auch mich nicht missen des
Balsams,
Sondern spende vielmehr reichlich mir dieses
Geschenk.
Sänken die Sterne doch um, würd' ich doch wieder
ihr Haupthaar,
Möcht' in Hydrochoos' Näh' funkeln Orion's
Gestirn!**)

---

*) Onyx, ein Edelstein, im Alterthum häufig zu Salben=
büchschen benutzt.
**) Sidera corruerint utinam! coma regia fiam:
Proximus Hydrochoi fulgeret Oarion.
Hydrochoos, der Wassermann, ein nördliches, Orion, ein süd=

53. (68.) An Manlius.

Daß du niedergebeugt von Leid und schmerzlichem
Unglück
Dieses Briefchen mir schickst, welches mit Thrä-
nen du schriebst,
Daß ich dich, den die Flut hat ausgeworfen im
Schiffbruch,
Stütz' und vom Rande des Tods führ' in das
Leben zurück,
Dich, den Zypria nicht läßt ruhn im erquicklichen 5
Schlummer,
Da im verwaiseten Bett jetzt so verlassen du
liegst,
Dem die Musen auch nicht durch liebliche Lieder
der Alten
Labung gewähren, da stets wachend die Seele
sich härmt —
Dieses erfreut mich, da du mich Freund nennst,
Gaben der Venus
Und der Musen von mir, deinem Vertrauten, 10
begehrst.
Doch damit du erfährst mein eigenes widriges
Schicksal
Und nicht wähnest, mir sei, Freunden zu dienen,
Verdruß,

liches Gestirn. Der Sinn ist: möchten alle Gestirne bunt
durcheinandergewirrt werden.

7

Hör', welch Leidengewog mich selbst umflutet, da=
mit du

Von mir Armen nicht mehr Musengeschenke be=
gehrst.

15 Damals, als man zuerst mit dem weißen Gewande *)
mich schmückte,

Als mich der heitere Lenz blühender Jugend
umfing,

Scherzt' in Liedern ich viel und hold auch war mir
die Göttin,

Die süßbittere Lust unsrer Bekümmerniß mischt.

Aber der Schmerz um den Tod des Bruders ent=
rückte mich gänzlich

20 Dieser Beschäftigung. O Bruder, mir Armen
entrafft!

Du hast, du, da du starbst, mein Glück mir schmäh=
lich zertrümmert,

Unser gesammtes Geschlecht wurde begraben
mit dir

Und es starben mit dir mir dahin alljegliche Freu=
den,

Die dein liebendes Herz mir, da du lebtest, erzog.

25 Mit dem Tode von dem entbannt' ich meinem Ge=
müthe

Ganz das Dichten und was irgend beseligt das
Herz.

*) Mit der Toga (toga virilis).

Wenn du also mir schreibst, in Verona zu leben,
das bringe
Schmach dem Katullus, indem jeder von besse=
rem Schlag
Dort im einsamen Bett die fröstelnden Glieder sich
wärme,
So ist schimpflich das nicht, kläglich erscheint 30
es vielmehr.
Darum vergib, wenn das, was der Schmerz mir
raubte, die Spenden,
Nicht ich dir sende, da dies völlig unmöglich
mir ist.
Denn daß Bücher ich hier nur wenig besitze, er=
klärt sich
Daraus, weil ich in Rom leb' und der heimische
Sitz
Rom mir ist und ich dort mein Leben verbringe; 35
von vielen
Kisten begleitet mich drum immer nur eine hieher.
Da es sich also verhält, so glaub' nicht, daß ich
aus Bosheit
Dies thu' oder es thu', weil es an Biedre mir
fehlt,
Da ich dir keines von beiden gewährt, um was du
mich angingst;
Wär' es mir möglich, ich hätt' beides von selber 40
gesandt.

54. (69.) An Allius.

Nicht mehr kann ich verschweigen, ihr Musen, in
welcherlei Dingen
Mir schon Allius half, was er mir Liebes ge=
than,
Daß, da vergeßlich das Menschengeschlecht, die flie=
hende Zeit nicht
Seine Bemühungen mög' hüllen in dunkele
Nacht.
5 Darum sag' ich es euch und ihr sagt's Taüsenden
weiter
Und laßt sprechen von ihm dieses verwitterte
Blatt,
Daß die Verse, wie er im Leben gewesen, er=
zählen *)
Und des Verstorbenen Ruhm höher und höher
sich heb'
Und die hoch am Gebälk ihr Kunstwerk fördernde
Spinne
10 Nicht mit ihrem Geweb' Allius' Namen um=
zieh'.
Denn welch Weh mir gebracht Amathusia's leidige
Falschheit,
Wißt ihr und wie sie mich hat schnöd' ins Ver=
derben gestürzt,

*) *Ut qualis fuerit, dum vixit, carmina narrent.*
(Heyse.)

Da ich entbrannte so heiß wie Trinakria's rau=
chender Felsen *)
Und wie der malische Quell kocht am Thermo=
pyläpaß,
Und die Augen mir fort und fort vom beständigen 15
Weinen
Siechten und traurige Flut über die Wangen
mir rann,
Wie ein blinkender Bach auf dem Gipfel des luf=
tigen Berges
Aus bemooßtem Gestein rührigen Sprudels
entquillt,
Der abschüssigen Laufs durch Thalgesenke dahin=
rollt
Und die Straße, wo dicht Menschen sich tum= 20
meln, durchfließt,
Wandrern, ermattet durch Schweiß, ein herzer=
quickendes Labsal,
Wenn unleidliche Glut spaltet das dürre Gefild.
Da hat, gleichwie den Schiffern, verschlagen vom
schwärzlichen Seesturm,
Plötzlich ein günstiger Wind lindern Gesäusels
erscheint,
Wenn sie wechselnd mit Flehn an Kastor sich wand= 25
ten und Pollux,
Gleichermaßen auch mir Allius Hilfe gebracht.

*) Der Aetna.

Er war's, der mir erschloß sein weitbegrenztes
Gefilde,
Er war's, der mir ein Haus, eine Gebieterin gab,
Daß wir möchten darin der Lieb' uns freuen, in
welches
30   Meine Vergötterte dann trat mit dem nied=
lichen Fuß,
Wo nun stille sie stand an der zierlichen Schwelle,
die Sohlen,
Blinkend wie Silber, umschmiegt rings von dem
knarrenden Schuh,
Wie von Liebe zum Gatten entbrannt einst Lao=
damia
Kam in das Haus, das ihr Mann Protesilaus
umsonst
35   Eingerichtet, indem noch nicht mit heiligem Blute
Ein geopfertes Thier hatte die Götter versöhnt.
Nimmer bestrick' ein Gelüst mich so, rhamnusische
Jungfrau,
Daß ich vermessen es möcht' hegen den Göttern
zum Trotz.
Wie nach gebührlichem Blut sich sehnt ein nüchterner
Altar,
40   Hat des Gatten Verlust Laodamien gelehrt,
Da sie sich mußte dem Hals des Gemals, des
jungen, entwinden,
Eh' ein Winter und drauf wieder ein Winter
erschien,

Der die brünstige Lieb' in langen Nächten ihr
stillte,

Daß sie zu leben vermocht' auch nach der Tren=
nung der Eh',

Da den Parzen bewußt, daß lang' nicht daure sein 45
Leben,

Wenn als Krieger er mit zöge zur ilischen
Stadt.

Denn weil Helena war geraubt, so lockte der
Griechen

Edelste Männer bereits Troja, die Veste, her=
an —

Troja, Asiens, weh! und Europa's großes Gemein=
grab,

Troja, des Männergeschlechts Tod und des 50
männlichen Sinns,

Das auch unserem Bruder bejammerungswürdigen
Tod nun

Bracht': o weh mir, o weh, Bruder, mir Armen
entrafft!

Weh, das freundliche Licht ist dem Bruder, dem
armen, entrissen,

Unser gesammtes Geschlecht wurde begraben
mit dir

Und es starben mit dir mir dahin alljegliche Freu= 55
den,

Die dein liebendes Herz mir, da du lebtest,
erzog.

Und nun ist er so weit, bei keinen befreundeten
Gräbern,

Nicht in der Nähe des Staubs lieber Verwand=
ten, er ist

Fern im schändlichen, ach, im unseligen Troja be=
stattet

60 Und in entlegener Gruft hält ihn ein fremdes
Geländ,

Ein Gelände, wohin die griechische Jugend, erzählt
man,

Allher eilt', es verließ jeder den heimischen Herd,

Daß nicht Paris, des Raubs der Buhlin sich freuend,
sein Leben

Brächt' im Ehegemach ruhig und friedlich dahin.

65 Dir auch wurde dadurch, o reizende Laodamia,

Der entrissen, der dir süßer als Leben und Geist,

Dein Gemal, und es riß vom höchsten Gipfel der
Liebe

Dich der Strudel so tief jäh in die Tiefe hinab,

Wie nach Griechenbericht der Schlund war, welcher
bei Pheneus *)

70 Nach Aufsaugung des Sumpfs hatte getrocknet
den Grund.

Jenen Schlund grub einst Amphitryon's fälschlicher
Sprößling,

Heißt es, nachdem er des Bergs Innerstes hatte
durchhaun,

*) Stadt in Arkadien.

Als er mit sicherem Pfeil die stymphalischen grau-
siegen Vögel
Tödtete auf den Befehl eines geringeren Herrn,
Daß die himmlische Pforte sich mehreren Göttern 75
erschlösse
Und nicht Hebe so lang' schmachtete ohne Ge-
mal.*)
Doch dein tiefes Gefühl war tiefer als jener Ge-
birgsschlund,
Das dich gezähmt, dich gelehrt tragen ein
drückendes Joch.
Kein Großvater ja liebt so innig den Enkel, den
Spätling,
Den ihm die Tochter erzieht, sie, sein alleiniges 80
Kind,
Der, sobald er entsproß für des Ahnherrn glänzen-
den Reichthum
Und auch schriftlich von ihm wurde zum Erben
bestimmt,
Einem getäuschten Verwandten verdirbt die sträf-
liche Freude
Und den Geier**) hinweg scheucht von dem
greisigen Haupt.

*) Hebe, die Gemalin des unter die Götter aufgenom-
menen Herkules, zu dessen zwölf ihm von Eurystheus auf-
getragenen Arbeiten auch die Erlegung der Raubvögel des
arkabischen Sumpfes Stymphalos mit ehernen Flügeln,
Schnäbeln und Klauen gehört hatte.
**) Den raubgierigen Verwandten.

85 Und nicht freut sich so sehr die Taube des schneeigen
Taubers,

Die dem Männchen, so heißt's, Küsse auf Küsse
entpflückt,

Unaufhörlich entpflückt mit rastlos pickendem Schna=
bel,

Viel begehrlicher noch, als das begehrlichste
Weib.

Du hast beide*) jedoch besiegt an rasender. In=
brunst,

90 Als einmal du vereint warst mit dem blonden
Gemal.

Nichts gab dieser indeß mein Lieb nach oder nur
wenig,

Als sie mir in den Schooß liebebeseliget flog.

Und es umflatterte sie bald hier, bald dorten Kupido,
Dem ein Safrangewand hüllte den schimmern=
den Leib.

95 Und obgleich sie sich nicht begnügt mit dem einen
Katullus,

Seh' ich der Holden doch gern seltne Verirrun=
gen nach,

Daß zu grämlich ich nicht nach Thorenweise er=
scheine,

Da auch Juno sogar, sämmtlicher Göttinnen
Haupt,

---

*) Den zärtlichen Großvater und die brünstige Taube.

Oft bei der Schuld des Gemals den hellauflodern=
den Zorn dämpft, *)

Wenn sie ihn bei dem Vergehn schändlichen 100
Buhlens ertappt.

Dennoch hält sie im Zaum des Gemüths helllodern=
den Ingrimm, **)

Sie, die des lüsternen Zeus meiste Verirrungen
kennt.

Weil sich die Menschen jedoch nicht Göttern dürfen
vergleichen, ***)

Weil, o Katullus, zugleich keine Bemühung dir
nützt,

Um jedwede Verirrung des theueren Mädchens zu 105
hindern,

Gib die verdrießliche Hut ängstlicher Eltern du
auf. †)

*) concoquit.

**) V. 100 u. 101:
  Dum in scelerato illum prendit adulterio.
  Sed tamen haec animi flagrantem continet iram,
(Uschner.)

***) Juno mag den Buhlschaften ihres ungetreuen Ge-
mals nachspüren und ihn zu bewachen suchen, du aber,
Katull, kannst dich als Mensch nicht auf dies Beispiel einer
Göttin zur Rechtfertigung eines gleichen Verfahrens gegen
deine Geliebte berufen.

†) V. 104—106:
  Nec tibi profuerit quisque, Catulle, labor,
  Omnia ut impedias dilectae furta puellae,
  Ingratum tremuli tolle parentis onus.
(Uschner.)

Und sie betrat mir doch nicht von der Hand geleitet
des Vaters

Ein von assyrischem Duft festlich durchdüftetes
Haus,

Sondern in schweigender Nacht nur gab sie ver-
stolne Geschenke,

110 Die sie dem eigenen Schooß ihres Gemales
entzog.

Deshalb ist es genug, wenn mir ausschließlich den
Tag nur,

Den sie mit weißlichem Stein zeichnet, *) die
Liebste gewährt.

Und so send' ich dir hier für die vielerlei freund-
lichen Dienste,

Allius, dieses Gedicht, wie es mir eben gelang,

115 Daß nicht irgend ein Tag, mag's der sein oder ein
andrer,

Euch mit schäbigem Rost eueren Namen umzieh'.

Mögen zu diesem noch viel die Unsterblichen fügen,
was vormals

Themis gewöhnlich als Lohn biederen Menschen
verlieh,

Er auch, der im Beginn die Erd' uns gegeben als
Schöpfer

120 Und von welchem als Quell jegliches Gute entsprießt.

---

*) Die glücklichen Tage wurden mit weißen Steinen
bezeichnet.

Seid stets glücklich, du selbst, dein Lieb und selber
das Haus auch,
Wo wir gedichtet, und sie, die in dem Hause
gebeut,
Sie vor allen jedoch, die mehr wie mich selber, ich
liebe,
Sie, mein Licht, die das Sein mir durch das
ihre versüßt.

---

55. (71.) Frauenwort.

Keinen möchte sie lieber als mich sich wählen zum
Gatten,
Sagt mein Weibchen, und käm' Zeus, sie zu
freien, er selbst.
Dieses sagt sie, doch was ein Weib dem entbrann-
ten Gemal sagt,
Soll man schreiben in Wind oder in reißende
Flut.

---

56. (73.) An Lesbia.

Einst, o Lesbia, sprachst du, Katull nur wäre dein
Trauter
Und nicht würdest du Zeus lieber umarmen
als mich.

Damals lieb' ich dich sehr, doch nicht, wie jeder
sein Liebchen,
Nein, wie der Vater den Sohn liebt und der
Tochter Gemal.
5 Jetzt nun kenn' ich dich ganz und deshalb acht' ich
um vieles
Schlechter und niedriger dich, wenn ich auch
heftiger glüh'.
Fragst du, woher dies kommt? Weil solcherlei Krän=
kung den Buhlen
Leidenschaftlicher macht, aber die Liebe zerstört.

---

57. (74.) Undank.

Gib für immer es auf, dich verdient zu machen um
jemand
Oder zu glauben, es werd' einer erkenntlich dir
sein.
Undank herrscht in dem All und nichts erwirkst du
durch Wohlthun,
Aerger erzeugt es sogar, steht dir im Wege,
dir selbst.
5 So mir, denn es bedrängt mich gehässiger keiner
und schwerer
Als der, dem ich noch jüngst galt als der ein=
zige Freund.

---

58. (76.) An Lesbia.

Nicht kann irgend ein Weib so inniger Liebe sich
rühmen,
 Wie, o Lesbia, du wardst von Katullus geliebt.
Nie war irgend ein Bund mit solcher Treue ver-
einbart,
 Wie in der Liebe zu dir du bei Katullus sie
 fandst.
Jetzt, o Lesbia, hat sich durch deine Verschuldung
mein Herz dir
 Abgewandt und durch Pflicht so mit sich selber
 entzweit,
Daß es weder dir kann geneigt sein, würdest du
gut auch,
 Noch dich zu hassen vermag, wenn du das Aergste
 begingst.

---

59. (77.) Selbstermunterung.

Wenn die Erinnrung an das, was er Edeles früher
gethan hat,
 Einen erfreut, da er denkt, daß er sich bieder
 gezeigt,

Daß er nimmer gebrochen sein Wort, bei keinerlei
    Bündniß
Zu der Menschen Betrug frevelnd die Götter
    benutzt,
5 Dann bleibt dir, o Katull, aus dieser so schmählich
    belohnten
Liebe, so lange du lebst, mancherlei Freude
    zurück:
Denn was einer vermag in Worten oder in
    Werken
Gutes dem andern zu thun, hast du gesagt und
    gethan.
Alles dieses, vertraut dem undankbaren Gemüthe,
10 Ging zu Grunde; warum quälst du dich länger
    nun noch?
Stärkst nicht lieber den Sinn und entraffst dich dem
    Kummer*) und marterst
Dich nicht länger um das, was dir verweigert
    ein Gott?
Schwer ist's plötzlich zu lassen von lang' uns be=
    zaubernder Liebe,
Schwer ist's, aber vollbring's, wie du es irgend
    vermagst.
15 Dies führt einzig zum Heil, dies durchzusetzen ge=
    ziemt dir;
Dieses bewirk', gleichviel, ob es dir möglich,
    ob nicht.

*) Quin tu animum affirmas teque istinc tute reducis.

O ihr Götter, bewegt euch Mitleid irgend und habt
ihr
Schon in der Stunde des Tods einem noch
Hilfe gebracht,
Schaut mich Armen und nehmt, wenn rein mein
Leben ich führte,
Nehmt die schreckliche Pest, dieses Verderben,
von mir,
Das in die innersten Glieder mir schlich wie eisige
Starrsucht
Und aus meinem Gemüth jegliche Freude vertrieb.
Nicht erseh' ich von euch noch Gegenliebe des
Mägdleins,
Auch das unmögliche nicht, daß sie sich neige
zur Zucht:
Selbst nur möcht' ich genesen von dieser entsetzlichen
Krankheit;
Dies, o Götter, gewährt mir für den biederen
Sinn.

***

60. (78.) An Rufus.*)

Rufus, dem ich als Freund umsonst vertraute, ver=
geblich —
Wirklich umsonst? nein, viel hab' ich und Herbes
gezalt —

*) Ein Liebhaber der Lesbia.

8

Also schlichst du dich ein bei mir, durchbranntest
mein Innres

Und ein jegliches Gut nahmst du mir Armen
hinweg?

5 Nahmst mir's, weh mir, o weh, du grausam-schnö-
der Vergifter

Meines Lebens, o weh, unsrer Verbrüderung
Pest!

Jetzt betrübt mich jedoch, daß dein unsauberer
Speichel

Meines reinlichen Lieb reinliche Küsse befleckt.

Dafür wirst du jedoch bestraft: dich lerne die Nachwelt

10 Kennen und wer du sei'st, meld' ein ergrautes
Gerücht.

---

61. (79.) An Gallus.

Gallus besitzt zwei Brüder und schmuck ganz über
die Maßen

Ist des einen Gespons, schmuck ist des anderen
Sohn.

Fein ist Gallus; er weiß zu vereinigen wonnige
Liebe:

Daß sich der reizende Bub' lagre zur reizenden
Maid.

Dumm ist Gallus, er denkt nicht nach, daß selber
er Gatt' ist,
Da er dem Neffen den Weg bahnt zu dem
Weibe des Ohms.

---

62. (80.) Lesbius.

Schön ist Lesbius, ja, ich glaub's, da ihn Lesbia
mehr liebt,
Als wie dich, o Katull, dich und dein ganzes
Geschlecht.
Aber der Schöne verkaufe Katull sammt seinem
Geschlechte,
Wenn drei Küsse der Mann noch von Bekannten
empfängt. *)

---

63. (82.) An Juventius.

War, o Juventius, denn kein einziger schmucker
Geselle,
Keiner im römischen Volk, den du zu lieben
vermocht,

---

*) Alle Freunde haben sich von Lesbius abgewandt.

Als nur jener, dein Freund, vom Krankenlager Pi=
saurum's, *)
Der ein bleichres Gesicht hat als ein goldenes
Bild?
5 Der liegt jetzt dir am Herzen und dreist ziehst diesen
du mir vor,
Weißt nicht, welch ein Vergehn du an Katullus
begehst.

---

64. (83.) An Quintius.

Wenn dir, Quintius, soll die Augen verdanken
Katullus,
Oder ein andres, was noch mehr wie die Augen
er liebt,
Raube du jenes ihm nicht, was mehr wie die Augen
er oder,
Gibt es was lieberes noch, mehr als wie dieses
er liebt.

---

65. (84.) Lesbia's Gatte.

Lesbia schmäht mich so arg im Beisein ihres Ge=
males
Und dem Tölpel gereicht dieses zur seligsten Lust.

*) Pisaurum, Stadt in Umbrien, das heutige Pesaro.

Efel, fo witterst du nichts. Wenn mein vergeffend
　　　sie schwiege,
　Wär' sie erkaltet, indeß jetzt, da sie belfert und
　　　schilt,
Denkt sie an mich nicht nur, nein, nein, was schlim= 5
　　　mer um vieles,
Sie ist zornig, das heißt, Lesbia lodert und kocht.

---

66. (85.) Arrius.

„Chommoda" sagte er stets, wenn „commoda"
　　　sollte gesagt sein,
　Und statt „insidiae" hauchte er „hinsidiae."
Und dann glaubte der Mann, gar meisterlich hab'
　　　er gesprochen,
　Wenn er „hinsidiae" laut, wie er konnte, ge=
　　　schrie'n.
So hat, glaub' ich, die Mutter bereits, so Liber, 5
　　　der Mutter
　Bruder, ingleichen das Paar ihrer Erzeuger
　　　gesagt.
Als er nach Syrien ging, erholten sich aller Gehöre:
　　　Sanft nun wurden und leis obige Worte gehört
Und man hatte nun nicht mehr Angst vor solcherlei
　　　Tönen,
　Als urplötzlich erscholl folgendes Schreckens= 10
　　　gerücht:

Daß das tonische Meer, seit Arrius dieses be=
　　fahren,
Nicht das „ionische", nein, jetzt das „hionische"
　　sei.

---

67. (86.) Liebe und Haß.

Liebe beseelt mich und Haß. „Warum?" so fragst
　　du; ich weiß nicht,
Aber ich fühl' es in mir, fühl' es und werde
　　gequält.

---

68. (87.) Quintia und Lesbia.

Schön ist Quintia vielen, doch ich, ich nenne sie
　　weiß nur,
Schlank und gerade, soviel geb' ich im ein=
　　zelnen zu.
Daß im ganzen sie schön, bestreit' ich: keinerlei
　　Anmuth
Und kein Körnlein Salz eignet der langen
　　Gestalt.
5 Lesbia halt' ich für schön, denn reizend gestaltet im
　　ganzen,
Hat die Grazien auch allen die eine entwandt.

---

69. (91.) An Gellius.

Gellius, daß du in dieser verlorenen kläglichen
Liebe
Mir wirst bleiben getreu, hab' ich nicht darum
gehofft,
Weil ich gut dich gekannt und feste Gesinnung dir
beimaß
Oder wähnte, du könnt'st lassen von schnödem
Gelüst,
Sondern weil ich erwog, daß Mutter weder noch 5
Schwester*)
Jene dir sei, die mir selbst weckte verzehrende
Glut.
Und obgleich ich mit dir viel Umgang hatte ge=
pflogen,
Schien mir dieses doch nicht ein dir genügender
Grund.
Dir schien dieses genug: so großes Behagen ge=
währt dir
Jede Verschuldung, in der irgend ein Frevel 10
sich birgt.

---

*) Mit welchen beiden, seiner Mutter und seiner Schwester,
Gellius Buhlschaft trieb.

70. (92.) Lesbia's Schmähungen.

Lesbia schmäht mich beständig und führt mich be=
ständig im Munde:
Ich will sterben darauf, daß mich die Lesbia
liebt.
„Deine Beweise?" — Mir geht's ganz gleich: ich
verwünsche sie rastlos,
Aber ich sterbe darauf, daß ich für Lesbia glüh'.

---

71. (93.) Cäsar.

Dir zu gefallen, das liegt nicht sehr mir am Her=
zen, o Cäsar,
Noch zu wissen, ob weiß oder ob schwärzlich
du bist.

---

72. (95ᵃ.) Cinna's Gedicht „Smyrna".

„Smyrna", des Cinna Gedicht, erscheint nun end=
lich, nachdem wir
Neunmal, seit er begann, Sommer und Winter
gehabt,

Während Hortensius, seht, in einem Jahre, der
Schmierfuchs,
Hunderttausend und mehr Verse zusammenge=
schmiert. *)
Smyrna wird man hinaus zu des Satrachus**) 5
Fluten entsenden,
Smyrna liest man noch lang', bis in die spä=
teste Zeit.
Deine Annalen jedoch, o Volusius, sterben am
Padus;
Vielen Makrelen der See werden sie Hüllen
verleihn.

---

73. (95ᵇ.) Ansprechende Kleinigkeit.

Seien die Werkchen mir werth, die bescheidenen,
meines Genossen,
Doch an Antimachus' Schwulst möge sich laben
das Volk.

---

*) B. 2 u. 3:
Millia cum interea quingenta Hortensius uno
Versiculorum anno fecerit illepidus.
(Uschner.)
**) Fluß auf Zypern.

74. (96.) An Kalvus.

Wenn von unferem Schmerz was Liebes, o Kalvus,
und Werthes
Bis in die fchweigende Gruft niederzufteigen
vermag —
Sehnfucht, die uns ins Herz die Liebe, die alte,
zurückruft
Und die Freunde beweint, welche der Orkus
verfchlang, *)
s Dann ift der zeitige Tod Quintilien weniger
fchmerzlich,
Als fie darüber fich freut, daß du fo innig fie
liebft.

---

75. (101.) Am Grabe des Bruders.

Durch fo viele Geländ' und Meere gezogen, o
Bruder,
Komm' ich, ein klägliches Feft dir zu bereiten,
hieher,
Daß ich das letzte Gefchenk, ein Todtenopfer, dir
bringe
Und zu dem fchweigenden Staub fprech' ein
vergebliches Wort,

*) Atque Orco mersas flemus amicitias.

Da dich selber mir hat entrissen das grause Ver= ⁵
hängniß;
Schmählich wurdest du mir, Bruder, mir Armen,
entrafft.
Nimm nun dieses indeß, was die heilige Sitte der
Vorzeit
Hat zur traurigen Weih' für die Verblichnen
bestimmt. *)
Nimm dies Opfer, benetzt mit den strömenden Thrä=
nen des Bruders,
Und auf ewige Zeit lebe du, Bruder, nun wohl. ¹⁰

----

76. (102.) An Kornelius.

Wenn dem verschwiegenen Freund ein Geheimniß
wurde vom treuen
Freunde vertraut, der ihn kennt als verläßlich
und treu,
Wirst du, Kornelius, sehn, daß ich auch zähle zum
Bunde
Jener Geweihten; ich ward, glaub', ein Har=
pokrates schon.

----

*) Tradita sunt tristes munera ad inferias.

77. (103.) An Silo.

Gib mir, o Silo, zurück die zehn Sesterzien,
hörst du?
Und dann sei, wie du willst, trotzigen Sinnes
und grimm,
Oder, ergetzt dich das Geld, so hüte dich, Bester,
noch ferner
Kuppler zu sein und zugleich trotzigen Sinnes
und grimm.

---

78. (104.) Verleumdung.

Glaubst du, ich hätte vermocht, mein süßestes Leben
zu lästern,
Sie, die theurer mir ist, als es die Augen mir
sind?
Nein, ich liebte ja nicht so sinnlos, wenn ich das
könnte.
Schauriges denkst du jedoch immer mit Tappo
dir aus.

---

79. (105.) Mentula.

Mentula müht sich, empor zu Pimpla's Höhe zu
klimmen,
Mit Heugabeln jedoch stoßen die Musen ihn fort.

---

80. (106.) Verdächtige Begleitung.

Wem ein reizender Bursch mit dem Marktausrufer
begegnet,
Der glaubt sicher, er sei sich zu verkaufen gewillt.

---

81. (107.) An Lesbia.

Wenn dem Sehnenden je, dem Wünschenden etwas
zu Theil wird,
Nichterhofftes, so ist dieses ein wirkliches Glück.
Darum ist es für mich auch Glück und theurer als
Gold mir,
Daß du, o Lesbia, dich wieder mir Sehnendem
gibst,
Wieder dem Sehnenden gibst, dem Hoffnungslosen; 5
du bringst dich
Selbst mir wieder: o du weiß zu bezeichnen=
der Tag!

Wer lebt glücklicher nun als ich, wer möchte be-
haupten,

 Wünschenswertheres geb's, als wie ein Leben
  wie dies?*)

---

82. (108.) Kominius.

Wenn des Kominius Alter,**) das schmutzige Sitten
besudeln,

 Einst ein Ende erreicht, so, wie das Volk es
  ihm wünscht,

Wird — kein Zweifel! — zuerst die Zunge, die
  Feindin der Guten,

 Ihm entschnitten und wird gierigen Geiern zu
  Theil.

5 Und die Augen enthackt ein Rab' und schlingt sie
  hinunter,

 Hunde verzehren das Herz, Wölfe verschlingen
  den Rest.

---

*) — — aut magis hac res
  Optandas vita dicere quis poterit?
**) Si Comini arbitrio populari cana eto.

83. (109.) An Lesbia.

Du, mein Leben, verſprichſt mir, beſeligend ſolle
von nun an
Unſere Lieb' und zugleich eine beſtändige ſein.
Mächtige Götter, o gebt, daß Wahres ſie habe
verheißen,
Daß aufrichtig ſie ſpricht und es vom Herzen
ihr kommt,
Daß uns werde vergönnt, ſo lang' wir leben, zu 5
wahren
Dieſen beſtändigen Bund, heiliger Liebe Verein.

---

84. (110.) Aufilena.

Aufilena, man lobt die ehrlichen Freundinnen
immer
Und ſie empfangen für das, was ſie gewähren,
den Lohn.
Du biſt Feindin, da du verſprachſt, nicht aber mir
Wort hieltſt;
Nichts gewährend und oft nehmend, *) vergehſt
du dich ja.

---

*) Quod nec das et fers saepe, etc.

5 Ehrliche leisten Versprochnes, ein züchtiges Mädchen
verspricht nichts,
Aufilena, doch die, die das Gegebene nimmt
Und um die Leistung betrügt,*) ist schlimmer wie
gierige Metzen,
Die jedwedem den Leib öffentlich bieten zum
Kauf.

---

85. (111.) Dieselbe.

Aufilena, sich nur mit e i n e m Manne begnügen,
Ist der verehlichten Frau allervortrefflichster
Ruhm,
Aber doch besser noch ist's, mit jedem zu pflegen
der Liebe,
Als wenn eine vom Ohm Vettern als Mutter
empfängt.

---

86. (113.) An Cinna.

Als Pompejus, o Cinna, zuerst war Konsul, da
hatten
Zwei die Mäcilia, jetzt, da er es wiederum ist,

*) Fraudando officiis plus etc.

Blieben die zweie, jedoch vertausendfachte sich
jeder:
Fruchtbar wuchert ja stets Same des Buhler=
geschlechts.

---

87. (114.) Mentula.

Firmum's*) Mentula gilt für reich von wegen des
Landguts;
Freilich, da dieses soviel treffliche Sachen ent=
hält:
Allerlei Vögel und Fische, Gewild und Wiesen und
Felder,
Aber umsonst: der Ertrag deckt die Verwen=
dungen nicht.
Während alles ihm fehlt, laßt reich nur immer den 5
Mann sein;
Loben will ich das Gut, während der Eigener
darbt.

---

*) Firmum, Stadt in Italien.

9

88. (116.) An Gellius.

Eifrigst hab' ich — wie oft! — des battischen Sän=
   gers *) Gedichten
Nachgespürt; zum Geschenk wollt' ich sie senden
   an dich,
Um dich milder zu stimmen für mich, damit du hin=
   fort nicht
Feindliche Pfeile **) so frech schleudertest gegen
   mein Haupt;
5 Doch nun seh' ich, ich hab' umsonst die Mühe ver=
   wendet,
Auch mein Bitten und Flehn, Gellius, fruchtete
   nichts.
Sei's: mit dem Obergewand vermeid' ich deine
   Geschosse,
Du wirst büßen jedoch, tödtlich getroffen von
   mir.

*) S. S. 88 Anm. **.
**) Tela infesta meum mittere etc.

———◦•◦———

Berlin, Druck von Gustav Schade, Marienstr. 10.

Im Verlage von C. H. Schroeder in Berlin sind ferner erschienen:

Anakreon's Lieder.

Im Versmaße der Urschrift übersetzt

von

Karl Uschner.

16. Geh. Preis 10 Sgr. Eleg. geb. 15 Sgr.

Hesiodos' Gedichte.

Im Versmaße der Urschrift übersetzt

von

Karl Uschner.

gr. 8. Geh. Preis 12 Sgr.

Homer's Ilias,

Deutsch von K. Uschner.

12. Geh. 15 Sgr. Geb. 22½ Sgr. Mit Goldschn. 27½ Sgr.

Homer's Odyssee,

Deutsch von K. Uschner.

12. Geh. 12 Sgr. Geb. 20 Sgr. Mit Goldschnitt 25 Sgr.

Beide Werke in einem Bande:

Geb. 1 Thlr. 7½ Sgr. Mit Goldschnitt 1 Thlr. 12½ Sgr.

(Verlag von A. Hofmann & Co. in Berlin.)

Ovid's Verwandlungen

in einer Auswahl.

Im Versmaße des Originals übersetzt
von
Karl Uschner.

16. Geh. 1 Thlr. Geb. mit Goldschnitt 1 Thlr. 15 Sgr.

(Verlag von Fr. Kortkampf in Berlin.)